대치동은
대치동일
뿐입니다

대치동은 대치동일 뿐입니다

정성민 지음

어쩌다 입시 컨설턴트가 들려주는 진짜 대치동 이야기

대치동은 대치동일 뿐입니다

어쩌다 입시 컨설턴트가 들려주는 진짜 대치동 이야기

초판 1쇄 2023년 8월 16일
지은이 정성민
펴낸이 정철수
펴낸곳 젤리클
출판등록 2022년 9월 7일 제2022-000056호
전화 02-3141-1917
팩스 02-3141-0917
메일 imaginepub@naver.com
블로그 blog.naver.com/imaginepub
인스타그램 @imagine_publish
ISBN 979-11-982414-1-2 (03800)

- 젤리클은 이매진의 문학과 에세이 브랜드입니다.
- 본 도서는 카카오임팩트의 출간 지원금을 받아 만들어졌습니다.

차례

2부

'의대'라는 이름의 병과 이기적 유전자

아파트 숲을 거닐며
구겨진 종이를 펴다

대치동에는 성당이 하나 있다. 어느 날 저녁을 먹고 그냥 발길 닿는 곳으로 걷다가 조그만 성당에 우연히 들어갔다.

강사도 학생도 학부모도 바쁘게 살아가는 대치동하고 는 전혀 다른 공간이 거기에 있었다. 마치 시간이 멈춘 듯, 칼로 반듯하게 잘라내어 분리된 듯 느껴지는 곳이었다.

그때 나는 조급하고 불안했다. 막 40대 중반에 들어서 면서 이 일을 몇 년 더 할 수 있을까 세어보는 참이었다. 10년, 길어야 15년이면 끝날 듯했다. 이 조급증은 대치동 이라는 공간 위에서 탄생했다. 대치동은 길 가는 자동차 도 서로 먼저 가겠다고 늘상 빵빵거리는 곳이었다.

그날 성당에서 손을 모으고 나를, 그리고 아래를 내려 다보는 성모 마리아상을 봤다. 나는 어떤 메시지를 받았 다. '밑을 보라'는 메시지. 나의 대치동 생활은 조급함에 꽉 쥐고 살아서 잔뜩 구겨진 종이 같았다.

대치동 성당에서 성모 마리아상을 만난 뒤로 그동안 나를 꼭 죄고 있던 조바심을 내려놓기로 했다. 대신 구겨 진 종이를 펴 대치동 길 위에서 만난 사람들을 하나하나 살펴봤다. 각박하게 공부하는 학생들, 더 나은 강의를 하 려 노력하는 강사들, 고민하는 원장들, 우유부단한 학부 모들……. 그 사람들 사이에서 그 사람들하고 함께 내가 살아온 삶을 들여다봤다. 들여다보니, 대치동도 사람 사는 곳이었다.

대치동에서 대치동이라는 글자를 지우면 뭐가 보일까. 대치동은 누군가에게는 기득권의 욕망과 이기심이 발현하는 곳이고, 누군가에게는 뜬소문만 들리는 미지하고 막연한 동경의 영역이다.

대치동은 그 이름의 무게가 지나치게 자극적이라 밖에서 보면 마치 거대하고 굳건한 경계를 지닌 한 덩어리 섬처럼 보인다. 그렇지만 대치동도 사람 사는 곳이다. 대치동의 겉껍질을 벗기면 은마아파트 사거리 횡단보도는 학생과 학부모, 강사와 직원들의 평범하고 치열한 일상으로 채워진다.

나는 서울대 입학사정관을 거쳐 논술 강사와 입시 컨설턴트로 일하면서 대치동을 살았다. 그곳에서 겪은 일상과 만남은 '대치동'이라는 세 글자에 담기에 넘칠 정도로 다양하고 생생하고 풍부했다. 이제 대치동에서 대치동 사람들하고 함께 살며 겪은, 진짜 대치동 이야기를 전하려 한다.

이 책이 나올 때까지 도움과 응원을 주신 임균식 대표님, 이순연 원장님, 송두리 선생님, 힘겹고 외로운 대치동 살이에 언제나 힘이 돼준 친구 이명순에게 고마움을 전한다. 이 글을 발견하고 다듬어 세상에 내보내준 출판사 젤리클 분들에게도 감사를 전한다. 마지막으로 사랑하는 나의 가족 원주와 우주에게도 애정을 남긴다.

2023년 5월 정성민

1부

나의 우연한
대치동 입성기

2600원과 편의점 알바,
우연한 대치동 입성기

내가 처음이었다. 입학사정관 출신이라는 타이틀을 가지고 대치동에 입성한 사람은 그때까지 없었다. 특별한 이유가 있는 일이 아니라 오히려 많은 우연이 가져온 결과였다. 나는 전 직장에서 벌어둔 돈을 안심하고 까먹기만 하면서 남은 학교 생활이나 잘 마치고 싶다는 안일한 생각을 하는 30대 초반 대학원생이었다. 늙은 대학원생은 금전 감각이 얼마나 무감각한지, 체크 카드가 잔고 부족으로 결제되지 않을 때가 돼서야 통장을 확인할 지경이었다.

통장에는 고작 2600원이 남아 있었다. 십여 년이 훌쩍 지난 옛일인데도 구체적인 액수까지 정확하게 기억날 만큼 정말 그 숫자에 덜컥 겁이 났다. 그제야 부랴부랴 주변에서 할 만한 일을 찾아봤다. 길을 지나다니다가 우연히 본 아르바이트 구인 공고가 생각났다. 관악구청 안쪽 골목에 있는 편의점이었다. 지금이야 그 나이대로 돌아간다면 뭐든 할 수 있을 듯하지만, 그때 나는 뭔가를 새롭게 다시 시작하려면 머뭇거릴 수밖에 없는 서른 살 언저리라는 벽 앞에 서 있었다. 새벽에 몇 번 가본 그 편의점은 유동 인구가 적고 손님도 많지 않아 조용한 곳이었다. 편의점 야간 아르바이트는 사람을 덜 마주치니까 조금 쉽지 않을까 생각한 나는 당장 일을 시작하기로 했다.

편의점 일이라고 해서 호락호락하지는 않았다. 새벽이

지만 재고를 관리하고 새로 들어오는 물품을 채워 넣느라 온전히 여유 부릴 만한 시간은 없었다. 그렇게 부지런히 몇 시간 정도 일하면 한 달에 50만 원 정도를 벌었다. 물가 싼 신림동이니까 자취하면서 내 한 몸 건사하는 데 충분한 돈이었다. 두세 달 정도 이어지던 편의점 야간 아르바이트를 그만둔 이유는 우연한 만남 때문이었다.

"너, 성민이 맞지?"

딱 하고 막 맥주 바코드를 찍는데 나를 부르는 목소리가 들렸다. 고개를 들고 보니 대번에 아는 얼굴이었다. 얼마 전 공기업에 합격한 친구였다. 멋쩍게 인사를 했다. 토요일 밤이라 술을 사러 온 눈치였다. 나처럼 신림동 근처에 살았는데, 취직하고 난 뒤에도 이사하지 않은 모양이었다.

"왜 이런 곳에서 아르바이트하고 있어?"

친구는 무척 궁금한 얼굴로 물었다. 나는 사정을 대강 설명했다. 대놓고 말하지는 않았지만, 친구는 새벽에 편의점 아르바이트를 하는 내가 안타까운 눈치였다.

"학교 취업지원센터 게시판에 들어가면 학원 강사 구인 공고가 꽤 올라와 있어. 그런 데 가면 여기보다는 조건이 더 괜찮을 거야."

집에 돌아가 친구가 말한 대로 학교 취업지원센터 홈

페이지에 접속했다. 정말 학원에서 올린 구인 공고가 많았다. 다만 대부분 국어나 수학 같은 주요 과목 강사였다. 이런 과목은 강의 준비를 하는 데 시간을 많이 투자해야 할 테니까 부담이 됐다. 게시판을 가득 채운 숱한 구인 공고에서 시간을 많이 안 써도 될 만한, 그나마 아르바이트 같아 보이는 일은 논술 첨삭뿐이었다. 사교육 분야에서 논술 시장이 지금보다 훨씬 더 크고 호황인 시절이었다. 논술 답안지 한 장을 첨삭하면 1만 2000원 정도를 받았다. 얼핏 계산해도 하루에 한두 시간만 투자하면 대략 두어 장을 첨삭할 수 있을 듯했고, 그러면 새벽에 힘들게 일하지 않더라도 한 달에 60만 원은 벌 수 있었다. 야간 편의점 아르바이트하고는 비교할 수 없을 만한 훌륭한 조건이었다.

"첨삭 아르바이트 지원하신 정성민 선생님이시죠? 학원으로 한번 와주실 수 있을까요?"

학원 몇 곳을 추려 신청서를 내자마자 곧 연락이 왔다. 그때는 전혀 몰랐지만, 대치동에서 가장 규모가 큰 입시 학원 중 하나였다. 사실 첨삭 아르바이트를 뽑을 때는 대개 형식적인 이력서도 필요 없었다. 그런데 그 학원은 어떤 이유 때문인지는 몰라도 경력을 적은 이력서를 요구했고, 우연히 내 경력을 보고는 면접하러 오라고 불렀다.

작은 면접장에서 채용 담당자를 만나겠거니 하고 찾아갔는데, 다짜고짜 원장실로 안내를 받았다. 채용 담당자가 아니라 학원 원장이 직접 나와 면접을 본다고 했다.

"선생님, 첨삭 아르바이트로 지원하셨죠? 제가 직접 한번 뵙고 싶어서 여기로 불렀어요. 혹시 첨삭 일 말고 강의를 해볼 생각은 없으세요?"

아르바이트 면접 자리치고는 과분하게 차까지 내어준 원장이 던진 첫마디에 별 생각 없이 온 나는 당황했다. 첨삭 아르바이트 구인 공고를 올린 선생님은 내 이력을 보고는 아르바이트 자리에는 넘친다고 판단했고, 다른 자리를 맡기라며 원장에게 직접 이력서를 넘겼다. 원장은 첨삭 일이 아니라 논술 강의를 제안했다.

"사실 저는 강의 경험이 없고, 강사로 일하기가 부담스러워서 첨삭 아르바이트 면접에 지원한 건데요."

"지금 선생님 정도 스펙이면 아주 충분해요."

곤란한 내색을 하면서 거절하고 돌아왔지만, 그 뒤로도 원장은 전화를 걸어 길고 끈질긴 설득을 이어갔다. 전화를 한번 걸면 끊지 않으려 하는 완강한 태도에 일단 시범 강의만 준비해보겠다고 승낙했다.

시범 강의는 1차로 논제를 받고 즉석에서 두 시간 만에 답을 써낸 뒤 2차로 강사들과 원장 앞에서 문제를 풀이하는 강의를 하는 방식이었다. 원장과 동료 강사들이 평가를 해 이 학원에 적합한 사람인지 확인하는, 학원 업계에서 통용되는 일종의 공개 면접이었다. 무엇보다 원장보다 동료 강사들이 하는 평가가 부담스러웠다. 얼마 전까지 학원에서 강의를 할 의지도 생각도 없던 사람이었으니, 일단 호의로 손을 건넨 원장보다는 그 학원에서 잔뼈가 굵은 강사들이 나를 어떻게 바라볼지가 더욱 걱정됐다.

우연히 얻은 기회여도 운은 좋은 모양인지, 입학사정관으로 일한 때 출제된 문제를 받았다. 논술 입시 전반을 담당한 덕분에 문항 출제 교수부터 출제 과정과 의도까지 훤하게 다 기억이 났다. 한 시간 만에 답을 술술 써냈고, 그 답지를 들고 시범 강의를 하러 강의실로 향했다. 강의실 앞 대기 장소에는 시강을 하러 온 사람이 한 명 더 있었다. 어색하게 서로 인사를 나눴는데, 그 사람은 인터넷 논술 강의 분야에서 일타 강사 중 한 명이라고 자기를 소개했다. 학원 강의는 생각도 해보지 않은 초짜하고 인강 인기 강사 사이의 대결은 결과가 불 보듯 뻔할 테니, 나는 약간 풀이 죽었다. 더군다나 그 강사가 먼저 시강을 하고 혹평을 받는 소리가 강의실 밖 내 귀까지 쩌렁쩌렁하게 들릴 지경이었으니, 더욱 긴장할 수밖에 없었다.

동료 강사들은 내가 한 강의를 썩 긍정적으로 평가하

지 않았다. 예상한 결과였지만, 정작 놀라운 사실은 강의 태도나 전달력에 관련된 지적이 아니라는 점이었다. 동료 강사들은 내가 정답을 잘못 알고 있는데다가 풀이 과정도 틀리다고 평가했다. 내가 써낸 답안의 논리가 영 엉망은 아니지만 문항 출제 의도하고 맞지 않는다는 말이었다.

어떻게 대답해야 했을까? 사실 출제 교수가 이 문제를 내는 모습을 옆에서 지켜본 사람이 바로 나라고 말하는 편이 맞았을까? 찰나의 고민 끝에 나는 그 자리에서 내가 어떤 일을 한 사람인지, 내가 쓴 답이 왜 정답인지를 설명하려는 생각을 포기했다. 적어도 나를 평가하는 자리에 있는 심사위원들의 권위를 대놓고 깎아버리는 행동이 절대 득이 되지 않으리라 판단했다. 속으로는 적잖이 당황할 수밖에 없었다. 대학에서 입학사정관으로 근무할 때는 명확한 의미로 와 닿은 '출제 의도'라는 말이 학원가에서는 내 생각과 전혀 다르게 해석되고 있기 때문이었다. 나는 대치동에 입성하는 첫 단계에서 그 사실을 가장 먼저 깨달았다.

어쨌든 나는 동료 강사들이 보인 시큰둥한 반응에도 인강 일타 강사를 제치고 최종 합격했다. 얼떨결에 새벽 편의점 아르바이트를 탈출해 대치동 한복판에서 논술 강사로 일하게 됐다. 나중에 이야기를 들으니 한 명만 빼고 모든 강사가 나를 채용하는 데 반대했는데, 원장은 그런 반대를 무릅쓰고 나를 뽑았다.

"원장님, 오늘 대어를 낚으셨어요."

그때 반대하지 않은 단 한 명은 원장에게 이렇게 말했다고 한다. 돌이켜 보면 그 학원에는 대어라 부를 만한 거물은 아닐지도 모르겠지만, 어쨌든 우연에 우연이 겹쳐 대치동에 들어오면서 내 인생의 방향이 완전히 달라진 사실은 틀림이 없다.

내가 뽑힌 시기는 우연하게도 9월이었다. 대학 입시는 1년 단위로 반복되고, 논술 시장은 9월부터 그해의 대목인 수학능력시험 이후 파이널 기간을 준비한다. 나를 뽑은 학원은 내 이력을 내세워 파이널 강의 설명회를 대대적으로 준비하려 했다. 파격적인 채용에는 더 큰 이유가 있었다. 그전까지 일하던 대표 강사가 잘나가는 강사들을 모아 바로 옆에 경쟁 학원을 차린 상황이어서 위기를 겪는 중이었다. 원장은 서울대 입학사정관 출신이라는 특별한 이력을 지닌 내가 그 위기를 타개해줄 사람이라고 생각했다.

나는 학원의 규모 있는 설명회에 경험이 전무한 초짜였으니 피피티며 자료며 준비할 수 있는 게 별로 없었다. 할 수 있는 것은 오직 말뿐이었다. 입학관리본부(나중에 입학본부로 바뀐다)에서 학부모들이 찾아오면 상담하던 대로 칠판에 하나하나 쓰면서 설명을 해야만 했다. 그때 서울대는 논술 시험을 봤는데, 1단계 서류 심사를 통과한 수험생만 논술 시험에 응시할 수 있었다. 서류 합격 여부가 논술 전형에서 아주 중요한 쟁점이었다. 당연하게도 1단계 서류 평가에서 여러 평가 요소가 차지하는 비중 같은 정보는 내가 가장 쉽게 설명할 수 있었다. 이런 기준을 통과할 수 있는 학생이면 서울대 논술을 중심으로 연습하면 되고, 그렇지 않으면 서류 심사가 없는 연세대 논술이나 고려대 논술에 집중해야 한다는 내 설명은 학부모들 사이에서 꽤 좋은 반응을 얻었다. 학부모 한 명도 흐트러짐 없이 경청하는 분위기가 느껴질 정도였다.

"선생님, 설명회 반응이 너무 좋아요. 혹시 파이널 강의도 해보실 생각 있으세요?"

설명회 반응이 좋자 원장은 이제 곧 시작될 파이널 강의들도 해보지 않겠느냐고 제안했다. 파이널 강의는 논술 수업 1년 커리큘럼에서 가장 중요했다. 그렇게 나는 학원 강사 첫해에 서울대, 연세대, 고려대, 서강대, 한양대 강의를 맡았다. '모르기 때문에' 가능한 일들이었다.

하룻밤을 새워 준비해서 그다음 날에 바로 강의하는 날들의 연속이었다. 다른 강사들처럼 미리 준비하고 쌓아

둔 자료가 없었으니, 온갖 자료를 뒤지고 탐색하는 일부터 힘에 부칠 수밖에 없었다. 유독 철학 문제가 어렵게 나오던 고려대 제시문을 이해하려고 철학 서적 원문을 뒤지며 밤을 새워야 했다.

그런 노력보다 힘든 싸움이 남아 있었다. 대치동 학원가에서 치열하게 경쟁하는 존재는 학생들만이 아니다. 더 치열한 싸움은 오히려 강사들 사이에 벌어진다. 강의만큼이나 스트레스를 주는 일들이었다.

입학사정관 경력을 앞세워 학원에서 나름 굵직한 강의들을 맡게 되자, 몇몇 강사가 긍정적이든 부정적이든 내게 관심을 보였다. 그중에 학원 근처 비싸고 유명한 맛집에서 밥을 사며 먼저 인사를 해온 강사가 있었다.

그 학원 강사들은 처음에는 시급 10만 원 정도를 받으면서 수업을 했고, 조금 더 경력이 쌓이면 학원하고 비율을 정해 나누는 식으로 월급을 받아갔다. 경력이 오래될수록, 그리고 실력이 증명될수록 학원보다 강사가 가져가는 비율이 더 높아지는 식이었다. 강의를 처음 시작한 나는 시급으로 받았지만, 대부분의 강사가 비율제여서 나보다 훨씬 더 많은 돈을 벌었다. 얼마 전까지 편의점 아르바이트로 근근이 먹고산 나는 꿈도 꾸지 못한 비싼 밥을 턱하니 사주겠다고 하니 처음 보는 사람인데도 절로 경계심이 풀어질 수밖에 없었다.

"앞으로 대치동 사정이나 학원계에서 모르는 게 생기시면 언제든 물어보세요. 제가 다 알려드릴게요."

비싼 밥을 먹으며 상대의 의중이 무엇인지 궁금하기도 하고, 이런 걸 받아도 되나 걱정스럽기도 했지만, 언제든지 물어보라는 호의를 선뜻 내비쳐 무척이나 고마웠다.

며칠이 지나자 한 방송국에서 서울대 입학사정관 출신이 최초로 대치동 학원가에 입성한 뉴스가 전파를 탔다. 누가 봐도 나를 겨냥한 뉴스였다. 학원에도 전화가 수십 통이 울려댈 정도로 난리였으니, 서울대 쪽에도 인터뷰 요청이 간 모양이었다. 서울대에서는 그 사람은 별로 중요한 구실을 하지 않은 사람이어서 아무 상관이 없다는 원론적인 답변을 했다. 나는 입학관리본부 다닐 때 꽤 열심히 일했지만, 어찌 됐든 논술을 가르치러 대치동에 왔기 때문에 크게 마음을 쓰지는 않았다.

그 뒤 우연히 그 뉴스 보도의 배경을 알고 있는 사람하고 얘기할 기회가 있어 앞뒤 사정을 알게 됐다. 취재가 아니라 제보를 바탕으로 한 보도였다. 주변을 아무리 살펴도 특별히 내 개인적 상황을 정확히 아는 사람은 없었다. 좀더 알아보니 학원 내부자라는 대답이 돌아왔다. 특정할 수 있는 정보를 여럿 합치니, 익명 제보자는 얼마 전 웃는 얼굴로 밥을 산 바로 그 강사였다. 나는 대치동이 살벌한 동네라는 사실을 실감했다. 대치동에서는 겉으로 호의를 베풀어도 속으로 무슨 생각을 하는지 알 수 없는 노릇이었다.

그해 파이널 강의가 모두 무사히 끝난 12월 말에 학원 전체 회의가 열렸다. 다음 해에 할 수업을 전반적으로 다루는 자리였다. 회의 전날, 원장이 전화를 걸어왔다.

"학원 운영진들하고 논의를 해봤는데, 정 선생님이 대표 강사를 맡는 게 좋겠다고 결론이 났어요."

"저는 강의를 맡은 지 3개월째인데요. 다른 경력 많은 분들도 있는데 학원 이력도 없는 제가 맡기에는 조금 부담스럽습니다, 원장님."

"파이널 강의를 충분히 잘 해내셨잖아요. 대표 강사 자격도 충분하죠."

나는 대표 강사가 될 마음은 없다고 강하게 거절했지만, 다음 날 회의에서 원장은 전체 강사진 앞에서 나를 대표 강사로 하겠다는 폭탄선언을 던지고 말았다. 회의실 분위기는 찬물이라는 표현도 모자랄 만큼 굳어졌다.

"원장님께서 잘 결정하셨습니다."

긴 정적을 깨고 시범 강의 때부터 나를 좋게 평가한 강사 한 명만 말을 얹었다. 내 신상을 방송국에 제보한 강사는 이해할 수 없다면서 아주 모욕적인 밀두로 화를 냈다. 서울대 출신에 서울대 입학관리본부에서 입학사정관으로 일한 경력이 있다고는 하는데 어디서 뭘 한 사람이고 무슨 일을 벌일지 자기는 믿을 수 없다고 했다.

앞에 사람이 앉아 있는데 그토록 모진 말을 쉽게 하는 모습에 나도 적잖이 화가 났지만 그 처지를 이해하지 못하는 바가 아니어서 그냥 말 없이 앉아 상황을 지켜봤다. 그래도 원장은 뜻을 꺾지 않았고, 나는 대표 강사 자리에 앉게 됐다. 강사들 사이에 어떤 위계가 있는지, 좁은 학원 안에서 더 높은 위치를 둘러싸고 무슨 경계 섞인 눈초리와 뒷말이 오고 가는지 짐작할 수 있었다.

온갖 견제와 모진 말들을 뒤로하고 대표 강사를 맡은 1년의 첫 시작은 사실 그렇게 화려하지 않았다. 서울대를 목표로 하는 반의 인기 강사는 한 강의실에 학생 100명을 앉혀놓고 수업하던 시절이었다. 나는 고등학교 2학년 학생들을 맡았는데, 첫 수업에 다섯 명이 앉아 있었다. 대표 강사이기는 했지만 처음 시작하는 여느 강사하고 다를 바 없는 상황이었다. 그마저도 원장이 온갖 설득과 갖은 인맥을 동원해 꾸린 귀한 다섯 명이었다.

"선생님, 이번 주에는 학생 두 명이 줄었어요."

"아, 그래요?"

다음 주 수업에 강의실에 가니 내 수업을 관리하는 실장이 오늘은 학생이 셋뿐이라고 했다. 두 명이 결석한 모양이구나 생각하고 대수롭지 않게 들어갔다. 셋 모두 새로운 학생이었다. 첫 수업에 들어온 다섯 명이 모두 나가고 새로 온 세 명이 강의실을 채우고 있었다. 앞으로 걸어갈 강사 인생을 고민하게 하는 쓰디쓴 경험이었다.

대표 강사 타이틀을 건다고 해서 처음부터 학생들이 폭발적으로 모여들지는 않았지만 꾸준하게 열심히 강의하자 조금씩 수강생이 늘기 시작했다. 매주 한두 명씩 차곡차곡 늘어나더니, 열다섯 명이 서른 명으로 늘어나 그해 파이널 수업까지 이어졌다. 학원을 안정적으로 운영하려면 탄탄한 강사진을 구성해야 한다. 큰 강의실을 채우는 유명 강사도 중요하지만, 유명 강사가 하는 수업이 맞지 않아 그만둔 학생들을 다시 이끌고 수업을 할 만한 강사가 여럿 더 필요하다. 나는 백 명씩 앉혀놓고 수업하는 강사는 아니어도, 한번 등록한 학생이 중간에 그만두지 않고 꾸준히 수업을 듣는 정도는 됐다.

수강생을 늘려가는 보람 말고도 나를 학원가에 붙잡아둔 요인은 하나 더 있었다. 첫해에 파이널 강의를 할 때는 급여를 시급으로 받았다. 일주일 강의를 하고 600만 원을 받았다. 편의점에서 한 달 꼬박 새벽일을 해 50만 원을 벌던 나는 한 주 만에 600만 원이라는 숫자가 통장에 찍히자 깜짝 놀랐다.

"원장님, 제 통장에 입금을 잘못하신 것 같습니다."

"아, 선생님, 아니에요. 그 금액이 맞아요."

전화를 받은 원장은 잠깐 확인하더니 대수롭지 않다는 듯 말했다.

"원래 급여가 450만 원인데 특별 상여금으로 150만 원을 더 넣었어요. 급하게 해주시느라 고생하셨잖아요."

나는 그제야 학원 강사가 얼마나 많은 돈을 벌 수 있는 직업인지를 깨달았다. 그다음 해부터는 대표 강사로 일하면서 시급제 강사를 벗어나 비율제로 급여를 받았다. 파이널 강의에서 내가 맡은 수강생만 몇 백 명이었고, 대학별 강의도 여러 차례씩 진행했다. 나중에 계산하니 큰돈이 수중에 들어왔다. 태어나서 한 번도 만지지 못한 큰돈이었다.

대학 시절 내내 신림동 4평짜리 원룸에서 월세를 살던 나는 월세살이를 벗어나고 싶었다. 살고 있는 원룸을 전세로 바꾸고 싶어 집 앞 부동산에 시세를 물어본 적도 있었다. 전세 3000만 원이었다. 그때 내 수중에는 아르바이트해서 모은 1000만 원이 전부였다. 3000만 원을 모으려고 1년 동안 과외며 아르바이트를 닥치는 대로 했다.

3000만 원을 마련한 날, 다시 부동산 아저씨를 찾았다. 전세 보증금이 5000만 원이라는 말이 돌아왔다. 오른 전셋값에 낙담했지만, 포기할 수 없었다. 오기가 생긴 나는 다시 한 번 5000만 원까지 모으기로 했다. 인생이 다 뻔하듯, 오르는 전셋값이 한두 발 더 빨랐다. 전셋값은 8000만 원을 지나 9000만 원까지 올랐고, 나는 그쯤에서 포기하기로 했다. 그때까지 내가 만진 가장 큰돈은 5000만 원이었다.

5000만 원이 있어도 서울에서 내 몸을 건사할 장소를 찾는 일은 어려웠다. 내가 사는 곳은 서울대에서 신림동으로 내려가는 중간 즈음 쑥고개 언저리였다. 예전에 숯 굽던 가마가 있던 곳이라 해서 숯고개라고 하다가 시간이 지나면서 쑥고개로 불리게 된 곳이다. 이름만큼 정겨웠고, 서민적인 곳이기도 했다. 쑥고개 근처 일반 주택 반지하는 전셋값이 2500만 원이었다. 방 두 개에 싱크대도 있었다. 꽤 집다운 집에 산다는 마음이 넉넉히 들었다.

복병은 장마철이었다. 아침에 일어나 문을 열었는데, 방 안으로 물이 한가득 들어왔다. 거실은 이미 물바다였다. 싱크대도 역류하기 시작했다. 온종일 물을 퍼내고 나르고 치워도 온 집 안에 쿰쿰한 냄새가 가시지 않았다. 참으로 참담한 광경이었지만, 계약 기간이 끝날 때까지 1년

가량을 그 집에서 더 지냈다. 대치동에 입성하고 나서도 얼마간은 그 집에서 살았다.

그런 내가 1년 만에 지금까지 벌어보지 못한 큰돈을 벌게 됐다. 무엇보다도 기뻤다. 그렇지만 다시 내 손에 든 돈을 바라보고 고민했다. 대학원에 다니고 입학사정관을 하면서 마주친 교수들이 생각났다. 대학원 시절에는 내 꿈도 교수였다.

교수들 중 50대가 되면 돈에 집착하는 사람들이 늘어난다. 대학원 때 만난 한 교수가 있었다. 기업에서 들어온 프로젝트를 같이 했는데, 첫 회의 때부터 프로젝트에 참여하는 학생들에게 통장을 만들어 오라는 숙제를 내준 사람이었다. 심지어 계좌 비밀번호도 정해서 알려줬다. 급여를 받아서 자기가 관리를 하겠다고 말했는데, 프로젝트가 끝난 지 세 달이 지나도 입금이 안 됐다. 다들 곤란한 눈치였다.

"성민아, 네가 가서 좀 물어봐 주면 안 되냐. 나 지금 엄마 돈 타서 쓰고 있는데 죽겠어."

과에서 이런저런 일을 맡아 하고 있던 내가 총대를 메고 담당 교수한테 프로젝트 급여가 들어오지 않는 이유를 물었다. 교수는 버럭 화를 냈다.

"프로젝트에 참여해서 배우는데 왜 돈을 받을 생각을

하나?"

요즘은 이런 일이 많이 줄어들었다지만, 나는 남부러울 것 없는 사회적 지위를 가진 서울대 교수가 돼서도 돈에 미련 정도가 아니라 지질하게 집착하는 사람을 여럿 봤다.

명예와 돈 사이에서 하는 저울질 때문이었다. 보통 30대 후반에 교수로 임용되면, 연봉은 높지 않더라도 나이에 견줘 사회적 지위가 높은 축에 든다. 그래서 이 시기부터 40대 중반까지 교수들은 대부분 사회적 지위와 자유로운 삶에 만족하며 살아간다. 그런데 서울대를 함께 다닌 주변 사람들도 대부분 좋은 기업에 들어간다. 40대 중반을 넘어서면 그런 사람들이 사회적 지위와 경제적 상황에서 교수를 앞서는 사례가 많다. 그래서 그런지 그때부터는 교수 중에 직업적 삶에 만족하지 못하고 돈에 집착하는 사람이 많아지는 듯하다.

대학원에 발을 걸친 채 나름대로 교수를 꿈꾸고 있던 나는, 한 손에 들고 있는 이 큰돈을 쉽게 포기할 수 있는지 나 자신에게 물어봐야 했다. 만약 교수가 되더라도 50대가 돼 돈에 집착하고 싶지는 않았다. 그렇지만 교수가 되는 길을 택한다면 이 돈을 잡지 않은 선택을 후회하지 않는다고 확신할 수가 없었다. 물론 이 돈을 벌면서 살아도 언젠가는 가보지 못한 길에 미련이 남을 수 있다는 사실도 알고 있었다.

고민 끝에 나는 학원에 남기로 했다.

막상 학원에 남기로 결정하니까 오히려 마음이 편해졌다. 불투명한 미래를 바라보는 나보다 한 곳에 매진하고 정착하는 삶이 더 만족스러웠다. 대표 강사로서 눈치 보거나 아쉬운 일도 없었다. 대치동에서 강사로 일하면서 깨달았다. 내가 뭔가를 많이 원하면 다른 사람 앞에서 약해진다는 단순한 진리였다. 이런 원칙은 학원가뿐만 아니라 인생을 살아가면서 어디든 적용될 수 있다. 그래서 나는 딱 하나만 바랐다. 모든 일을 투명하게 처리하기. 그래야 내가 비로소 떳떳해질 수 있기 때문이다.

대표 강사가 누린 특권이 하나 있었다. 강의실 경쟁이 치열한 파이널 기간에 가장 큰 강의실을 자기 이름으로 맡아두는 권리였다. 평소에 인기가 적든 많든 간에 학생이 빠듯하게 몰리는 파이널 기간에는 넓은 강의실도 어떻게든 다 차기 마련이었다. 파이널 특강 기간은 강사의 인기 말고도 강의실 크기에 따라 수강 인원 규모가 정해지기도 하는 시기였다. 나도 대표 강사이기 때문에 그런 특권을 누릴 수 있었다.

투명함을 원칙으로 삼은 나는 다른 방식을 택했다. 부

원장님과 상의해 파이널 특강의 수강 등록을 받기 시작한 날부터 3일째 되는 날까지 강사별 인원수를 확인해서 수강생이 많은 순서대로 강의실을 배정하기로 했다. 나는 서울대반을 맡고 있었다. 최상위권을 대상으로 하는 만큼 수강생이 가장 적을 수밖에 없었다. 늘 큰 강의실을 잡지 못했고, 옆 건물 중국어 학원을 빌려 마련한 임시 강의실을 주로 써야 했다. 강의실 때문에 불편하기는 했지만, 마음은 편했다. 거리낄 구석 없이 당당하기 때문이었다.

그 학원을 그만두고 나오게 된 이유도 결국 내가 세운 투명함에 어긋나는 일이 벌어진 때문이었다. 없는 일을 있는 사실로 만들어내고 멋지게 포장해야 하는 대치동 학원가의 생존 법칙하고 내 원칙은 어쩌면 필연적으로 마찰이 생길 수밖에 없었다. 서울대 입학관리본부에서 일할 때도 투명하지 않은 시스템 때문에 거짓말하기 싫어서 뛰쳐나온 셈이기도 했는데, 학원도 마찬가지 집단이었다.

논술 학원을 나와 다른 대형 종합 학원으로 옮기면서 내가 내민 조건은 딱 하나였다. 거짓말하면서 일하지 않겠다는 원칙. 새로운 원장님은 흔쾌히 허락했다. 이 원칙을 아주 치열하게 지켜왔다고 자신할 수는 없다. 그렇지만 험난한 대치동에서도 나를 지탱하게 해주는 원칙이 있다면 비교적 덜 흔들릴 수 있다. 나는 지금도 그렇게 믿는다.

다시,
우연히 컨설턴트

대치동에서 논술 강의를 시작한 뒤 나는 수학 수업을 더 하고 싶어졌다. 수학은 가장 자신 있는 과목이기도 했지만, 무엇보다 논술 시험이 내 성격에 그다지 맞지 않는다는 사실을 알게 된 때문이었다.

입학관리본부에서 일할 때 논술 고사 문제를 내는 교수가 '발산적 수렴'이라는 개념을 꺼낸 적이 있다. 논술 답안에는 발산적 사고와 수렴적 사고가 함께 담겨야 한다는 말이다. 내용은 발산하는데 논증 방향은 하나로 수렴을 해야 한다는, 곧 상상과 생각을 자유롭게 뻗어 나가게 하되 논리적으로 전개돼야 한다는 뜻이었다. 솔직히 말하면 그때는 그 말이 별로 마음에 와닿지 않았다. 고등학생 수준에서 풀어야 하는 논술 문제를 굳이 현학적인 용어로 치장할 필요를 느끼지 못한 때문이었다.

대치동에서 이 발산과 수렴이라는 개념을 또 마주쳤다. 논술 학원에 근무할 때 이 개념을 내세운 홍보 문구를 보게 됐다. 그 교수는 그저 자기 생각을 말했지만, 논술 학원은 그 개념을 상업적으로 한 꺼풀 더 잘 포장했다. 그 문구를 보는 순간, 논술이라는 시험에 관해 한 번 더 고민하게 됐다.

결정적으로는 답이 정해져 있는 지금하고 다르게 초창기 논술 고사는 '올바른 인식이란 무엇인가'처럼 대부분 지나치게 열려 있는 문제가 나왔다. 특히 고려대는 깊이 있는 철학 문제를 냈다. 나는 답이 정해진 문제를 좋아했다. 굳이 따지면 발산적 수렴이 아니라 뚜렷하게 답으로 수렴하는 풀이가 좋았다. 논술 제시문을 깊이 읽고 공부하는 시간은 좋았지만, 매번 바뀌는 주제를 유려하게 가르칠 만한 내공이 없다고 스스로 느끼기도 했다.

원장에게 찾아가 수학 수업을 해볼 수 있겠냐고 물었다. 논술 수업은 보통 수요일과 토요일, 일요일 정도만 해서 나머지 평일은 강의실을 텅텅 비워두는 형편이었다. 그래서 중간중간 수능 대비 수업을 조금씩 깔아두던 참이었다. 지금은 이름만 들어도 알 만한 꽤 유명한 국어와 수학 강사들이 막 대치동에 입성해서 그 학원에서 처음으로 수업을 열기도 했다. 논술 수업을 듣는 수강생은 대부분 최상위권이었으니, 대치동에 막 들어와 아직 이름값 없는 강사들이 수업 내실을 다지고 경험을 쌓는 데 딱 좋은 환경이라 할 만했다. 원장은 단칼에 거절했다. 논술 고사와 입시 시장에서 내가 지닌 상품성이 수학 수업으로 가면 사라진다고 생각한 듯했다. 수학 강사는 언제든 영입할 수 있지만, 입학사정관 타이틀을 단 논술 강사는 쉽게 구할 수 없기 때문이었다.

수학 강의는 우연히 시작했다. 동료 강사가 다중 미니

면접Multi Mini Interview·MMI 수업을 같이하자고 제안했다. 다중 미니 면접은 의대 입시에서 치르는 면접시험 유형인데, 의대에 진학하려는 수험생이 대상이었다. 인문계 수험생 중심인 논술 학원인 만큼 다른 학원에서 수업을 할 수 있는지 알아봤다. 동료 강사가 친분을 활용해 꽤 알려진 학원에 면접을 보러 갔다.

면접 자리에는 입시 컨설팅을 담당한 소장과 다중 미니 면접 강의를 하는 이름난 강사 한 명이 앉아 있었다. 내 경력 이야기를 들은 소장이 대뜸 새로운 제안을 했다.

"입시 컨설팅을 해보는 건 어떠세요?"

다중 미니 면접 수업을 하러 간 자리였는데, 어느새 입시 컨설팅으로 화제가 옮겨갔다. 나중에 다중 미니 면접 수업을 하게 되더라도 의대를 목표로 하는 학생들을 미리 만나보는 경험을 쌓으면 좋지 않느냐는 말이었다. 이제껏 죄다 문과 최상위권 학생들만 담당한 만큼 그 말에도 일리가 있었다.

그 학원에서 처음 시작한 일은 소장이 컨설팅을 할 학생에 관한 사전 평가서 작성이었다. 논술 수업을 듣는 학생들하고 겹치지 않은 덕분인지 이번에는 논술 학원 원장도 별말 없이 넘어갔다. 드디어 수학 수업이 하나 열렸다. 수학 쪽 경력이 없고 대단하게 어필할 만한 구석도 마땅치 않은데도 서른 명이 조금 안 되는 수강생을 모아줬다. 논술 학원에서 훨씬 더 많은 학생을 데리고 수업을 하던 때라 그 숫자가 얼마나 대단한지 몰랐다. 사실 수능 세계에서는 초짜 강사가 아무것도 없이 그만한 머릿수로 수업을 시작하기란 쉽지 않은 일이었다.

수학 수업도 곧 마음에 안 차는 점이 생겼다. 나는 많은 돈보다는 가르치는 재미가 있어야 일에서 보람과 추진력을 얻는 스타일이었다. 논술 학원은 최상위권 학생들이 뚜렷한 목표를 세우고 수업을 받기 때문에 수업 태도가 좋고 열의도 높았다. 수강생이 늘어나면 돈은 많이 벌 수 있지만 강의할 때 집중도가 낮아져서 싫었다. 잘하는 아이들보다는 열심히 하고 욕심도 있는 아이들을 이끌고 가고 싶은데, 인원수가 많아지면 그렇지 않은 아이들이 점점 늘어나기 때문이었다. 그때까지 느껴보지 못한 감정이었다.

수학 수업은 학생들 반응이 나쁘지 않아서 수강생이 차츰차츰 늘어갔지만, 바로 이런 점 때문에 학원 쪽하고 마찰이 빚어졌다. 고등학교에 진학하기 직전인 학생들이라 여러 과목 학원을 더 다니기 시작해서 숙제를 빼먹는 사례가 늘어났다. 수업 분위기 때문이라도 담당 실장님에게 한 반에 몇 명 이상은 받지 말아달라고 부탁하자 눈에 띄게 나를 싫어하는 분위기가 느껴졌다. 학원에서 원하는 방향하고 내가 가려는 방향이 전혀 달랐다.

이런 고민에 결정타를 날린 계기가 하나 더 있었다. 고려대 논술 시험에 독일 철학자 게오르크 빌헬름 프리드리히 헤겔 관련 지문이 나온 적 있었다. 기출 문제를 순서대로 가르치다 보니 그 악명 높은 지문으로 수업을 해야 할 차례가 돌아왔다. 지금 같으면 슬쩍 건너뛸 수 있을 테지만, 그때는 강사로서 그 지문을 정복하지 못하는 일이 굴욕처럼 느껴졌다. 양심의 가책으로 다가오기도 했다.

논술 수업은 제시문을 한 줄 한 줄 다 이해하고 주제에 연관된 책과 논문을 읽은 뒤 수업 자료를 만드는 데 3주 정도 걸렸다. 그 문제 하나 때문에 책 네 권과 논문 다섯 편을 읽었다. 그렇게 준비해도 막상 수업을 자신 있게 해낼 수 없었다. 제시문을 더 풍부하게 이해하고 싶어서 서울대 철학과 교수들이 하는 수업도 청강했다. 철학적으로 매우 박식한데다가 학생들에게 재미있게 설명하기로 유명한 분들이었다. 한 쪼가리밖에 안 되는 내용이지만 그분들처럼 쉽게 설명할 자신이 점점 없어졌다. 그 무렵부터 학생들이 나를 원망하는 듯한 악몽을 꾸기 시작했다. 일종의 강박이었다.

학원을 그만뒀다. 논술 학원과 수학 학원을 모두 정리한 나는 숲 유치원을 선택했다. 우연히 알게 된 학부모하고 뜻을 맞춰 숲 유치원을 운영해보기로 했다. 동료이자 친구인 한 강사는 내가 학원 일을 다 접고 숲 유치원으로 들어간다는 사실을 믿지 않으려 했다.

"너 진짜 대단하다."

그 친구는 학원에서 벌 수 있는 돈을 미련 없이 훌훌 털어버린 나를 소신 있고 가치관이 확고한 사람으로 여겼다. 나는 이런저런 스트레스에 몸도 마음도 지친 상태였다. 숲 유치원은 내 인생의 탈출구였다.

경기도 어느 산자락에 숲 유치원을 세우고 운영하는 일은 물론 쉽지 않았다. 모든 일을 내 손으로 해야만 했다. 그렇지만 무엇보다 보람찼다. 학원을 그만두고 2년 반이라는 시간을 숲 유치원에서 보냈다.

학원가를 떠난 지도 꽤 된 무렵, 예전에 일하던 논술학원에서 끈질기게 전화가 걸려오기 시작했다. 한 번만 와서, 제발 한 반 수업만 맡아달라고 부탁했다. 다른 강사들이 맡고 싶어하지 않는 저학년 대상 수업을 맡을 강사를 찾고 있다고 했다. 하도 연락이 오니까 같이 일하던 숲 유치원 이사장님은 그냥 가서 수업 하나만 해주고 오라며 웃음 섞인 타박을 주셨다.

"여기서는 돈도 못 버는데, 그냥 가서 돈이나 벌고 오세요."

2년 반 동안 꼬박 1억 원이라는 큰돈이 숲 유치원에 들어갔다. 처음이라 뭘 모르기도 했지만, 급한 문제가 있으면 그냥 내 일로 여기고 개인 돈을 썼다. 그러다 보니 적자 아닌 적자에 시달리는 사정을 이사장님은 알고 계셨다. 결국 평일에 한 타임만 면접과 논술 수업을 하기로 했다.

새로 구성한 반은 열 명 남짓이었다. 1년 넘는 시간 동안 한 명도 중간에 그만두지 않을 정도로 다들 내 수업을 좋아했고, 나중에는 한 명만 빼고 모두 서울대에 진학할 정도로 실적이 좋았다. 입소문이 난 뒤로는 그 학생들 말고도 수업에 들어오려는 대기자가 점점 늘어났다. 처음 한 번은 힘들지 모르겠지만 어쨌든 다시 시작하기로 한 만큼 수업을 더 맡게 되는 일은 그렇게 부담스럽지 않았다. 그런 사실을 누구보다도 잘 알고 있는 원장은 한 반을 더 열어달라고 했다. 이번에는 안면 있는 숲 유치원 이사장님에게 전화를 걸어 같이 설득해달라고 부탁까지 할 정도였다.

내가 맡은 반은 조금 과장하면 수강생이 기하급수로 늘어났다. 고민은 되지만 그 수업을 맡은 이유는 그즈음 비로소 숲 유치원이 여유를 찾은 때문이었다. 숲 유치원은 교사를 구하기도 마땅치 않은 처지였다. 외딴 숲길로 출퇴근해야 하는 조건은 웬만한 사람에게는 힘든 일일 수밖에 없었다. 때마침 어린이집 교사를 한참 하다가 그만두고 경력 단절 상태로 지내던 한 학부모가 원장으로 부임했다. 숲 유치원은 내가 없어도 정상적으로 굴러갈 수 있게 됐다.

일주일에 3일 정도는 학원에 나가서 강의하고 나머지 시간에 숲 유치원 일을 천천히 돌보는 식으로 균형을 맞출 수 있었다. 얼마 뒤 이 균형을 무너트리고 숲 유치원을 떠나 학원으로 완전히 돌아가야 했다. 의욕 있게 추진한 전시림 사업이 불투명해진 탓이었다. 전시림은 연구용 수종을 띠 모양으로 다양하게 심어서 만드는 교육용 숲이다. 잘 아는 임업연구사하고 함께 시간과 열정을 들여 열심히 준비했지만, 관련 국가 기관들이 끝끝내 허가를 해주지 않아 수포로 돌아갔다. 엎친 데 덮친 격으로 극도로 좋지 않던 건설 경기 때문에 숲 유치원을 후원하던 기업체 사정이 많이 나빠져 유치원 운영이 여의치 않았다. 그 무렵 살인 진드기가 뉴스를 뒤덮기도 했다.

여러 사건이 겹치고 겹쳐 누군가 다시 나를 온전히 대치동으로 떠미는 듯했다. 다시 고민해야 했다. 논술 수업을 본격적으로 시작하는 쪽이 가장 안정된 선택이겠지만, 언젠가는 다시 예전 같은 악몽을 맞닥트리게 될 듯했다.

나는 입시 컨설팅을 하겠다고 원장에게 제안했다. 그 학원에서 2년 정도 논술 수업과 컨설팅을 병행해보니 컨설팅을 제대로 해야 할 필요성을 깨달았다. 인력을 구해 자료를 정리하고 입시 정보도 축적하고 싶다고 했지만, 인력 충원은 딱 잘라 거절했다. 사실 입시 연구 인력을 제대로 꾸리는 학원은 많지 않았다. 보통 학원들은 강사가 일한 만큼 일정 비율을 가져가는 식으로 수익을 창출했다. 그러니 돈을 벌어주지 않으면서 돈만 쓰는 인력을 굳이 들이려 하지 않았다. 그 학원도 마찬가지였다. 다른 학원을 찾아보자는 생각을 처음으로 하게 됐다.

지금도 나는 내가 원하는 방향을 스스로 찾기보다는 우연에 우연이 겹쳐 만들어진 길 위에 서 있을 뿐이라고 생각한다. 곧 다중 미니 면접을 하던 학원에서 맺은 인연 덕분에 새로운 곳에 터를 잡았다. 그 뒤 지금까지 쭉 입시 컨설팅을 하고 있다. 한창 바쁠 때는 하루에 10명이 넘는 학생을 만나기도 했다.

흔히 대치동 한복판 대형 학원 입시연구소 소장이면 최상위권 학생들을 은밀하고 개인적인 경로로 만난다고 생각할지도 모른다. 컨설팅을 하다 보면 거의 모든 스펙트럼에 속한 학생들을 만난다. 성적 좋고 학교 생활 잘하는 학생을 보고 걱정이 없겠다고 말들 하지만, 사실 공부를 잘하는 학생이나 그런 자식을 둔 학부모의 머릿속이 훨씬 더 복잡하다. 컨설턴트들은 그런 이들이 하는 고민을 덜어

주는 구실을 한다. 어떤 학교와 무슨 학과를 선택해야 더 좋을까 치열하게 고민할 때, 나는 주로 이렇게 말한다.

"이런 데 돈 쓰지 말고 하던 대로 열심히 하세요."

그렇게 하기만 해도 원하는 학과에 갈 수 있다는 말을 확신에 차 이야기했다. 실제로 그런 이야기를 들으면 대부분은 좋은 결과를 얻었다. 그런 순간에 나는 컨설팅을 하면서 보람을 느꼈다.

하위권을 위한
학원은 없다

논술 강사로 일하던 학원 건물 위층에는 아주 크고 유명한 영어 학원이 있었다. 전국에서 학원이 가장 밀집한 대치동 학원가에서도 그 영어 학원은 당연히 다녀야 하는 곳이었다. 내가 논술을 가르친 수강생 중에는 서울대와 연세대, 고려대 등 상위권 대학을 준비하는 우수한 학생이 많았는데, 그중 대부분이 그 영어 학원 출신일 정도였다.

같은 건물을 사용하다 보니 영어 학원을 다니는 학생들을 하루에도 몇 번씩 마주쳤다. 처음에는 적잖이 충격을 받았다. 아주 어린 아이들도 자기 몸집만 한 캐리어를 끌고 거대한 건물 사이를 왔다 갔다 했다. 영어 학원에서 쓰는 교재는 어른이 들고 다니기도 힘들 만큼 두껍다. 여러 권을 한 번에 가지고 다녀야 하기 때문에 메는 가방보다는 끌고 다니는 캐리어가 편하다. 요새는 대치동에서 캐리어를 끄는 강사며 학생을 흔히 볼 수 있어서 예전 같은 감흥이 사라지기는 했지만, 내가 강사로 일하기 시작한 초반에는 무척이나 낯선 장면이었다. 무거운 교재를 잔뜩 채운 캐리어를 쓱쓱 밀고 다니는 아이들을 곰곰이 보다 보면 많은 생각이 스쳐갔다.

언제는 그 영어 학원에 다니는 아이를 둔 엄마가 입학사정관 출신 입시 컨설턴트가 있다는 소문을 듣고는 알음알음으로 자리를 만들어 찾아왔다. 초등학교 5학년 여자이이를 키우는 그 엄마는 대학 입시에 일찍부터 관심이 많은 편에 속했다. '어떻게 해야 서울대를 갈 수 있는지' 물으러 찾아온 모양이었다. 요즘은 입시에 몰두한 학부모를 워낙 많이 만나다 보니 어린 나이에 서울대를 목표로 하는 사례가 흔하디흔한 일이 됐지만, 논술 강사로 일하던 때에는 초등학생 대학 입시 문제로 찾아온다는 말을 들은 때도, 막상 찾아와 서울대라는 목표를 꺼낸 때도 나는 당혹감을 감추지 못했다. '저 어린 아이가 벌써 최상위권 대학 입시를 목표로 공부해야 하나?' 마음 한구석에 솟아나는 불편한 감정 때문이었다.

학생에게 먼저 물어보고 싶었다. 공부를 어떻게 하고 있는지, 어디에 관심이 있는지, 커서 무엇이 되고 싶은지. 그 초등학생이 한 대답은 더 놀라웠다.

"그럼 서울대를 가게 된다면, 나중에 뭐가 되고 싶니?"

"저는 의사가 되고 싶어요."

아이는 조금도 망설이지 않았다. 의사. 지금 생각해도 참 뻔하디뻔한 대답이지만 학생은 생각보다 조리 있게 자기 생각을 말할 줄 알았다.

"그럼 다시 물어볼게. 왜 의사가 되고 싶니?"

"우리 엄마랑 아빠가 다 의사시고요. 그래서 저도 당연히 의사가 되어야 한다고 생각해요. 그리고 아직까지는 그 생각이 나쁜 것 같지 않아요."

그러고는 자기가 어떻게 공부하고 있는지 얘기를 했다. 이미 고등학교 1학년 과정 수학 기본서는 다 본 뒤 지금은 고등학교 2학년 과정 수학 기본서를 공부하고 있으며, 생명과학과 화학도 고등학교 과정을 거의 다 끝내서 대학 강의 선수강 제도$^{Advanced\ Placement\cdot AP}$ 시험을 준비하고 있다고 했다. 영어도 토플 시험을 꾸준히 치르는 중이었다.

그 아이는 그런 공부를 초등학교 3학년 때부터 준비했다. 교과 관련 공부만 열심히 하지는 않았다. 내 눈에도 특별히 명석하게 보일 정도로 독서도 무척 많이 했다. 초등학교 5학년인데도 논술 학원 커리큘럼에 포함된 수준 높은 책들을 이미 다 읽은 상태였다. 무엇보다도 독서가 재미있다고 자신 있게 말했다.

완전한 '대치 키즈'라 불릴 만한 아이였다. 일주일 일정이 대치동 학원가 안에서 빼곡히 정해져 있었다. 영어 학원 세 번, 수학 학원 두 번, 과학 학원 두 번으로 평일을 채우면 주말에는 독서 학원과 스피치 학원이 뒤를 이었다. 영어 학원에 다니는 또래들처럼 제 몸만 한 여행용 캐리어를 끌고 대치동에 자리한 빌딩과 빌딩 사이를 날마다 쉼 없이 돌아다녔다. 시간에 쫓겨 학원 말고는 아무것도 하지 못할 듯했지만, 학생은 나름대로 즐거움을 찾았다.

"학원 다니는 거 힘들지 않니? 지금 다니는 학원이 너무 많은데."

"그래도 학원에 다니면 엄마랑 얘기를 많이 할 수 있어서 좋아요."

나보다 바쁘게 사는 아이가 어떻게 엄마랑 얘기할 수 있을까 싶었는데, 오히려 집에서 밥을 먹지 못하는 빠듯한 일정이라 밖에서 엄마하고 저녁을 먹어야 하는 상황이 좋은 모양이었다. 흔한 대치동 엄마는 함께 밥을 먹으면서도 아이가 숙제는 하는지, 학원 진도는 잘 따라가는지 듣기 싫은 잔소리를 할 텐데, 이 초등학생은 스스로 알아서 잘하기 때문에 잔소리하느라 귀한 저녁 시간을 허비하지 않아도 됐다. 식당에서 나누는 대화는 그날 배운 내용에 집중해서 엄마가 아는 지식을 함께 나누는 깊이 있는 토론으로 이어졌다. 식당에서 엄마를 만나 다정하게 학문적인 수다를 떠는 시간이 아이에게는 행복이었다.

초반에 느낀 경계심이 풀어지면서 딸이 진짜 원하는 길을 찾아주고 싶어 엄마가 나를 만나러 온 사실을 알게 됐다. 그 뒤 꾸준히 인연을 맺어 그 아이가 성장하는 모습을 지켜볼 수 있었다. 초등학교 6학년 때도, 중학교와 고등학교를 거치면서도 늘 비슷하게 공부했다. 애초에 의사라는 큰 목표가 확고했고, 그 목표로 나아가려면 거쳐야 하는 작은 목표들을 시간이 지나면서 하나씩 달성했다.

나를 처음 찾아온 때에도 그 학생은 중학교에 가면 수학 경시대회인 국제수학올림피아드[IMO] 수상이 목표이고, 안 되면 한국수학올림피아드[KMO] 상이라도 받겠다고 했다. 그러더니 결국 한국수학올림피아드에서 동상을 받았다. 영어도 토플 만점을 목표로 공부하다가 118점이라는 높은 점수를 받았다. 독서도 정해놓은 목표가 있었다. 서울대에서 선정한 권장 도서 백 권 읽기였다. 그 백 권도 고등학교 2학년 때까지 전부 끝냈다. 독서는 점수로 환산하기 힘든 영역이지만 다 읽은 사실을 확인할 방법은 있었다. 나도 함께 책을 읽었다. 물론 같이 읽으면서도 책 내용을 처음부터 끝까지 온전하게 다 이해하고 있는지 짧은 시간 동안 파악하기는 힘들 수밖에 없었지만, 충분히 소화한 느낌이 들 때까지 그 학생은 스스로 행복해하며 독서 단계를 차근차근 마쳤다.

한국이라는 나라에 태어나면 초등학교 6년에 중학교와 고등학교 6년을 대부분 비슷한 공부를 하면서 보낸다. 공부하는 궤적이 모두 같을 수는 없어서 저마다 개성이 다르고 속도도 제각각이다. 그렇지만 이 정도로 목표가 확고하고 목표를 향해 쉼 없이 달리는 사례는 아주 드물었다. 나하고 비교해도 차이가 컸다. 나는 공부를 열심히 하면서도 친구들하고 어울려 논 시간도 많았다. 한마디로 평범한 학생이었다. 그 학생은 평범한 청소년이 가질 만한 자유를 향한 욕구가 거의 없다시피 했다. 그런 욕구를 잠깐 품더라도 대치동에서 취미, 여가, 사교는 사치였다. 그만큼 대치동의 일상은 빡빡했다. 그 학생은 결국 의대에 진학했다.

공부 말고는 다른 꿈을 품지 않는 아이야말로 대치동 부모들이 바라는 이상적인 모습이다. 의대 진학이라는 목표를 달성한 이 학생과 학부모야말로 사회적 인식으로 굳어진 대치동의 전형이었다. 내가 처음으로 만난 대치 키즈의 모습이 이랬다.

부모의 세심한 관리와 학생의 열중. 대치동에서는 이 두 가지가 시너지가 일으켜 그럴듯하고 보기 좋은 결과를 만들어낸다. 그렇지만 대치동에서 살아가는 모든 이들이 똑같은 모습은 아니다. 대치동 학원을 다니는 학생의 30퍼센트 정도는 열심히 노력하고 싶지만 그만큼 몸이 따라주지 않는 사례에 속한다. 학생이니까 어쩌면 이런 쪽이 더 평범하고 자연스러울 수 있다. 공부해야 한다는 당위는 놀고 싶고 쉬고 싶은 욕구에 쉽게 패배한다. 이런 학생들도 학원에 가기는 한다. 어릴 때부터 학원에서 살다시피 해서 학원에 가지 않으면 오히려 불안한 마음이 들기 때문이다.

대치동에 널린 곳이 유명 학원이라지만, 그중에서도 어린 학생들을 대상으로 명성을 떨치는 학원이 몇 군데 있다. 아이들을 붙들어 앉혀놓고 《수학의 정석》을 다 풀 때까지 집에 못 가게 하는 엄격한 관리 시스템을 갖춘 어느 수학 학원에 들어가려고 부모들은 아는 연줄을 다 동원한다. 얼마 전 친한 동생이 전화를 했다.

"형, 혹시 초등 학원 선생님 중에도 아는 사람 있어?"

"왜?"

"우리 아이가 ○○학원 레벨 테스트를 봤는데 제일 낮은 반이 됐어. 그 학원에 아는 사람이 있으면 어떻게 잘 얘기해서 좀 높은 반으로 올라가게 할 수 없을까 해서……."

그 아이는 아직 초등학교에 들어가지도 않은 나이였다. 고작해야 일곱 살 남짓한 아이에게 어떤 교육을 시키고 싶어서 나한테 어렵게 부탁하는 부모 심정은 아직도 공감하기 어렵다.

부모들이 품은 욕망은 대치동이라는 터에서 훨훨 날아오른다. 욕망을 부추기고 욕망에 맞춰 굴러가는 이런 학원들은 단순한 학원에 그치지 않고 때때로 특수한 헤게모니를 창출한다. 학원 몇 기수 출신이라는 영광스런 이름표가 생긴다. 영재원이라는 곳도 마찬가지다. 대학이나 지

자체가 운영하는 영재원은 기수와 파벌에 따라 커뮤니티가 형성된다. 그리고 당연히 커뮤니티를 주도하는 부류도 등장한다. 그 사람들은 학부모 집단을 끌고 올라가면서 좋은 강사와 도움 되는 수업 등 정보를 파악하고 생산한다. 그 정보와 인맥을 얻으려면 커뮤니티에 반드시 들어가야 한다. 배타적인 커뮤니티에 입성해 성공적으로 안착한 사람들은 자녀에게 지시를 내려 일종의 트랙처럼 대치동 학원가를 돌며 유명한 수업을 듣게 한다.

그 트랙이 성공한 입시로 반드시 연결되지는 않는다. 영재원에 입학할 무렵 보여준 실력이 나중까지 이어지는 학생은 10퍼센트 정도다. 시간에 쫓기며 트랙을 의미 없이 돌다가 들러리를 서는 사례도 허다하다.

대치동의 나머지 부류 중 상당수 유형은 바로 이런 겉모양이라도 흉내 내고 싶어하는 사람들이다. 학원이든 영재원이든 대치동 학부모들이 모인 특수한 커뮤니티에 진입하고 각종 입시 정보를 얻으려고 열심히 대형 학원 설명회를 쫓아다닌다. 안타깝게도 대부분은 폐쇄적인 장벽에 금세 가로막힌다. 흐름을 주도하는 엄마들이 남긴 흔적들을 따라가면서 업계 최고 강사들을 쫓다가, 그 아래 이류 강사들 수업을 들으면서 커뮤니티에 진입하려 전전긍긍하는 부모들이 있다.

어릴 때부터 나를 만난 한 학생도 이런 부모를 뒀다. 고등학교 1학년 때 처음 본 그 학생은 태도가 아주 삐딱하지만 생각은 어른스럽고 성숙한 편이었다. 가장 큰 문제는 공부를 못한다는 단순한 수준이 아니었다. 열성 부모를 두고 있는데도 정작 아이는 공부에 흥미와 열정이 없었다. 처음 그 학생과 엄마가 컨설팅을 하러 온 날 인상 깊은 장면이 있었다. 아들은 엄마하고 같은 자리에서 얘기하고 싶지는 않다고 딱 잘라 말했다.

"선생님이랑만 컨설팅 하고 싶어요. 엄마랑 같이 받기 싫어요."

어쩔 수 없이 엄마가 나간 조금은 특이한 상황에서 첫 컨설팅을 시작했다.

"이제 엄마도 안 계시니 편하게 하고 싶은 얘기해봐."

"선생님, 저는요 아마 좋은 대학은 못 갈 거예요. 그리고 가고 싶은 생각도 없어요. 그런데 저는 제가 멍청하다고 생각하지는 않아요."

그러면서 초등학교 때부터 자기가 걸어온 길을 쭉 설명했다. 여덟 살 때 앞에서 말한 유명 수학 학원에 들어가는 입학 테스트를 준비해야 한다고 엄마가 성화를 부려서 학원 입학시험 대비 과외를 따로 받았다. 그런데도 테스트에 떨어져서 크게 혼난 뒤 뒤처지는 다른 수학 학원 레벨 테스트를 다시 봐서 가장 낮은 반에 겨우 들어갔다. 당연히 이런 성화는 수학에서 그치지 않았다. 국어와 논술을 한 번에 가르치는 곳에도 가야 한다고 해서 유명 학원에 들어갔다. 그 학원은 지금도 초등학생이 허덕일 만한 엄청난 학습량에 비례하는 엄격한 시스템으로 유명했다. 이른바 관리가 '빡셀수록' 학원은 이름값이 높아져서 대기를 한 뒤에 들어가야 했다. 수학보다는 상대적으로 느슨한 국어라고 해서 갑자기 흥미가 샘솟을 리도 없었다.

대치동에서도 힘들기로 유명한 학원을 여러 군데 다니면서도 정작 공부는 안 하다 보니 공부 실력이 아니라 '눈치 보는' 기술만 늘었다. 빡빡하게 관리하는 학원에서 공부하지 않고 잘 놀려면 눈치 보기가 필수였다. 선생님 눈밖에 나서 엄마에게 상담 요청이 들어가지 않도록 공부는 하지 않지만 별문제가 되지 않는 학생으로 인식되려고 나름대로 용을 썼다. 다음으로 잘 쓰는 기술은 숙제 베끼기였다. 친구들이 해놓은 숙제를 빨리 받아서 마치 자기가 푼 듯 베껴내는 일은 진짜 잘한다고 당당하게 말했다. 중학교 때는 엄마가 영재고에 진학해야 한다고 해서 영재고 준비반에 들어갔다. 그 반 학생들은 수학올림피아드를 준비하는데 엄마 때문에 알아듣지도 못하는 내용을 들어야 한다고 온갖 불평을 쏟아냈다. 결국 그 학생은 쫓겨나듯

학원을 나왔다.

"그동안 제 의지대로 한 게 아무것도 없는 것 같아요."

학생이 한숨 쉬듯 말했다. 엄마가 정한 시간표를 따라 하루를 빈틈없이 알차게 살지만 이리저리 끌려만 다니니까 학습 의욕은 당연히 없었고, 이 모든 과정을 거쳐 달성할 목표도 설정돼 있지 않았다. 그래도 자기 처지를 담담하게 털어놓으면서 '나는 멍청하지 않다'고 똑 부러지게 말하는 모습에 웃음이 났다.

그 학생이 대학에 입학할 때까지 지켜보면서 학습 관리를 했다. 엄마는 절대 타협하지 않았지만, 어느 날은 그 학생이 신 나서 자랑했다. 평범한 고등학교에 진학하고 나서야 처음으로 대치동에서 듣고 싶은 수업을 듣게 된 때문이었다.

"선생님, 저희 엄마가 드디어 정신을 차린 것 같아요. ○○○ 선생님 수업 듣게 해줬어요."

인강 일타 강사로 유명한 수학 강사가 몇 백 명을 몰아넣고 진행하는 대형 현장 강의 수업이었다. 드디어 아무나 들을 수 없는 수업이 아니라 누구나 들을 수 있는 수업을 듣게 돼 즐거운 모양이었다.

그 학생이 한 말 중에 아직까지 기억에 뚜렷하게 남는 말이 있다.

"저는 늘 은마아파트 사거리를 뱅뱅 돌아다닌 기억밖에 없어요. 나중에 학창 시절을 되돌아보면, 그 횡단보도를 기다리고 서 있는 제 모습이 제일 떠오를 것 같아요."

대치동 학원가는 은마아파트 사거리를 중심으로 뻗어나간다. 주요 대형 학원들은 사거리 길가 바로 앞에 늘어서 있다. 좀더 규모가 작은 학원들이 사이사이 골목길을 빼곡히 채운다. 학원과 식당을 빼면 그렇다 할 간판도 눈에 띄지 않는다. 그 많은 학원을 건너다니는 그 많은 학생이 대치동 사거리와 횡단보도 위를 까맣게 뒤덮는다.

그 학생은 제발 학교 끝나고 마음 편히 놀아보면 좋겠다는 말도 덧붙였다. 그렇지만 놀 시간이 있어도 학원에 가야 한다고 투덜거렸다. 주변에 학원에 가지 않는 친구가 없기 때문이었다. 친구하고 놀고 싶어도 학원에 가야만 했다. 학원은 대치동 아이들의 삶이자 생활 터전이었다.

"제가 대치 키즈인데요, 대치 키즈로 살려면 그냥 학원에서 살아가는 방법을 알아야 해요."

상위권 대학에 가기 힘든 80퍼센트에 속한 그 학생은 고등학교 3학년 때 엄마랑 싸운 일을 하소연했다.

"선생님, 저 제가 공부를 못한 건 하나도 후회하지 않는데, 엄마를 죄인처럼 만든 게 제일 후회돼요."

대치동에서 자기 엄마를 죄인처럼 만든다는 말은 무슨

뜻일까. 그 학생 엄마는 입시 정보를 얻으려고 유명 학원이 여는 거의 모든 설명회에 다 참석했다. 설명회 참석은 무척이나 수고로운 일이다. 학원마다 한 달에 몇 번씩 여는 설명회에 일일이 참가 신청을 하고 잊지 않고서 시간에 맞춰 가서는 거의 두 시간 동안 쏟아지는 정보를 집중해서 듣는 정신력과 체력이 필요하다. 대부분 설명회가 끝나면 자녀 상황을 설명하면서 어떤 입시 전략이 필요한지 짤막하게 묻는 시간이 따로 있었다. 그 학생 엄마는 항상 아들이 가지도 못할 명문 대학 관련 정보만 잔뜩 듣고서는 정작 필요한 정보는 하나도 묻지 못했다. 마치 죄인이 된 양 자기 아들의 실제 성적은 꽁꽁 숨긴 채, '우리 애는 어디 갈 수 있을까요'나 '어떻게 준비해야 좋을까요' 같은 질문은 어디 가서도 하지 못했다.

그 학생 수준에 맞는 대학 관련 정보를 알려주는 학원은 대치동에 없었다.

"차라리 정시로 대학에 가겠다고 수능 공부라도 열심히 해서, 엄마를 조금 더 당당하게 만들어주기라도 했으면 어땠을까 후회가 돼요."

돌이켜 생각하면 아들과 엄마는 너무나 달랐지만, 서로 아끼는 마음은 똑같았다.

그 학생은 결국 대치동에서 죽어라 떠돈 날들을 뒤로

하고 이느 대학 문예창작과에 합격했다. 글을 쓰고 싶다는 바람대로 된 셈이다. 얼마 전에는 새로운 소식도 들려줬다. 놀랍게도 대학에 들어간 뒤에는 아들과 엄마의 태도가 정반대가 됐다. 아들이 미래를 깊이 고민하면서 조바심이 난 반면, 엄마는 아들 인생에 더 관여하지 않으려 했다. 그 학생은 전공을 살려 외국에 있는 웹 소설 플랫폼 기업에 취업했다. 조금은 엇나간 그 학생과 평범한 대치 키즈 중에서 누가 더 행복할 인생을 살아갈지는 아직 아무도 모른다.

대치동을 생각할 때 우리는 보통 만들어진 대치동을 떠올린다. 대치동이라는 이미지는 '공부 열심히 잘하는 학생들'로 점철된다. 대치동을 대표하는 내로라하는 대형 학원들도 최상위권만을 위한 설명회를 준비하고 그렇게 홍보한다. '스카이SKY'를 중심으로, 그리고 으레 이야기하듯 '서성한'과 '중경외시이'에, 기껏 더 해봐야 '건동홍숙'까지 설명하지만 다른 대학에 관해서는 구체적인 정보를 구할 수 있는 곳이 거의 없다. 이런 상위 대학에 수시든 정시든 갈 수 있는 학생들은 대치동에도 20퍼센트가 되지 않을 정도로 적다. 나머지 대치 키즈들은 어디에서 무엇을 하면서 떠돌아다닐까?

대치동에는 하위권 학생을 위한 학원이 없다. 사실은

있지만, 그런 학원은 아주 음성적으로 움직여서 눈에 보이지 않는다. 드러내놓고 홍보 문자도 뿌리지 못한다. 하위권 학생들에게 필요한 정보를 제공한다고 홍보하면 학원 이미지가 타격받기 때문이다. 마찬가지 이유로 대치동에도 공부 못하는 학생이 더 많다. 그런 학생들이 분명히 있지만, 은마아파트 사거리 횡단보도를 뺑뺑 돌면서 공부 잘하는 학생들 사이에 섞여 기계적으로 대치 키즈로 살아갈 뿐이다. 내가 대치동에 와서 대치동 아이들한테 처음 느낀 연민이었다.

책 150권 읽으면
서울대 갈 수 있을까?

서울 어느 고등학교에서 전교 5등 정도를 유지하는 학생이 있었다. 학생은 서울대 경영학과를 가고 싶었지만, 입시 컨설턴트들은 한결같이 '서울대는 안 된다'고 입을 모았다.

이유는 명확했다. 아주 독특한 학교생활기록부(학생부) 때문이었다. 학생부에서 가장 눈에 띄는, 그리고 하나뿐인 특징은 말미에 자리를 차지하고 있는 '독서 활동 상황'이었다. 기록한 책이 너무 많았다. 1학년 때 읽은 책이 70여 권, 2학년 때 읽은 책도 60여 권이었다. 3학년 1학기, 입시를 눈앞에 둔 빠듯한 시간 속에서도 이 학생은 20권 정도를 읽었다. 3년 동안 150권이 넘어가는 숫자였다.

1학년 독서 기록에는 우리가 알 만한 고전 문학이 빼곡했다. 마치 민음사 세계문학전집을 그대로 옮겨놓은 듯했다. 여상스러운 책도 많았다. 《반지의 제왕》, 《해리 포터》, 애거서 크리스티 추리 소설이 그랬다. 물론 서점마다 높다랗게 쌓아놓고 파는 베스트셀러 소설도 끼어 있었다. 입시를 치르는 고등학생은 독서와 입시가 직결된다고 생각해서 자기가 희망하는 학과에 연관된 딱딱한 책으로 학생부를 가득 채운다. 이 학생은 그런 문제쯤은 신경도 쓰지 않았다. 거대한 '책 창고' 같은 독서 목록을 채운 그 학생은 진정 책을 사랑하는 사람이었다.

그다음 학생의 관심을 끈 분야는 철학이었다. 2학년 윤리 시간에 존 롤스의 정의론을 배운 뒤, 아주 두꺼운, 심지어 관련 전공을 한 나도 대학원에 가서야 겨우 읽은 《정의론》을 읽기 시작했다. 보통 사람들은 어떤 행동이 정의롭다고 말하면서도 그 행동이 정의로운 이유는 답하기가 어렵다. 그 학생은 수업 시간에 배운 내용에서 이 문제에 의문을 품고 《정의론》에서 스스로 해답을 찾았다. 그 뒤 철학과 인문학에 관심이 생긴 그 학생은 다음부터 이렇게 나한테 물었다.

"선생님, 이다음에는 무슨 책을 읽으면 좋을까요?"

"아무래도 먼저 서양 쪽 철학 서적을 읽는 게 좋지 않을까? 너 고전 좋아한다고 했지?"

사실 나도 그 분야를 잘 알지는 못해서 고민 끝에 철학의 기원인 고대 그리스 철학, 곧 플라톤의 《대화편》에 포함된 《소크라테스의 변론》, 《파이돈》, 《크리톤》, 《향연》 등을 추천했다. 그러자 그 학생은 내 말을 곧이곧대로 듣고 우리말로 번역된 플라톤의 《대화편》을 싹 다 읽었다. 그러고는 나한테 다시 물었다.

"이 《대화편》이 플라톤이 쓴 전부인가요?"

"아니, 훨씬 더 많은데 아직 번역이 다 안 돼 있을 거야. 아마도 영어 원서는 있을 텐데."

우리말로 번역된 《대화편》보다 아직 번역 안 된 《대화편》이 더 많았다. 그리스어로 읽기는 어렵지만, 영어판은 충분히 찾을 수 있었다. 그 학생은 영어판 《대화편》을 구해서 모조리 읽기 시작했다. 그렇게 철학과 인문학으로 관심을 넓힌 학생은 아리스토텔레스의 《정치학》과 《시학》 같은 고전을 뿌리부터 가지까지 섭렵했다. 1학년 때는 문학, 2학년 때는 철학과 인문학, 3학년 때는 앨빈 토플러부터 시작한 사회과학 서적을 읽었다.

내가 봐도 이런 학생은 흔치 않았다. 학교에서도 당연히 책벌레로 소문이 난 모양이었다. 그 학생을 가장 아낀 사람은 당연하게도 학교 도서관 사서 선생님이었다. 봉사 활동도 학교 도서관에서 책을 정리하며 보냈고, 동아리 활동도 책 읽는 동아리를 선택했다. 아이들에게 책을 읽어 주는 외부 봉사 활동도 나갔다. 그 학생의 학생부는 온통 책으로 둘러싸여 있었고, 책에 직접 관련되지 않은 스펙은 봉사상과 교내 논술대회 장려상 정도였다. 그러니까 경영학과에 맞는 전공 적합성은 그다지 찾아볼 수 없었다.

전공 적합성이 가장 드러날 수 있는 교과 세부 능력 특기 사항, 줄여서 '세특'이라 부르는 영역도 마찬가지였다. 보통 수행 평가에서는 자기가 들어가려는 학과의 교육 내용에 활동 주제를 맞추기 마련이지만, 그 학생은 그냥 수업 시간마다 주어진 활동에 충실했다. 이를테면 사회·문화 시간에도 경영학과를 의식해서 다른 나라 기업 문화나 마케팅 등 경영에 관련된 이야기를 하는 대신에 교과서 내용을 조금 더 깊이 파고드는 식이었다. 다만 관심 있는 주제를 만나면 그 주제를 다방면으로 깊이 탐구하려 했다. 국어 시간에 〈찬기파랑가〉를 배우면 학자에 따라 다른 번역과 해석을 찾아보려고 논문을 뒤졌다. 코카서스 인종의 문화에 관련해 배우면 미국 의회도서관까지 들어가서 자료를 찾아 보고서를 썼다.

경영학이라는 전공에 관련해 열심히 공부하기보다는 그때그때 학교에서 배우는 주제에 맞춰 충실하고 열심히 공부한 학생이었지만, 이런 부분이 학생부에 뚜렷하게 드러나지는 않았다. 세부 내용을 기록하는 각 과목 선생님에 따라 구체성에 차이가 나기 때문이었다.

당연히 모든 컨설턴트에게 '모자란 학생부'로 보일 만했다. 강남에 있기는 해도 자율형 사립고나 특목고 수준에는 미치지 못하는 일반 고등학교의 전교 5등 안팎인데다가 수상 기록도 특출하지 않았다. 다른 좋은 대학에 진학할 만한 훌륭한 학생은 맞지만 서울대 경영학과에는 부족해 보인다는 말이었다. 그 학생이 쥔 무기는 오로지 150권에 이르는, 어찌 보면 중구난방인 독서 목록이었다.

나는 그 학생에게 서울대 경영학과를 지원하라고 적극 추천했다. 사실 그 학생의 어머니는 아들을 확실히 단념시키고 싶어서 나를 찾아왔다. 부모는 아들을 서울대에 꼭 보내고 싶었다. 경쟁이 덜한 다른 과를 써야 그나마 가능성이 높아질 테니 경영학과를 포기하라고 설득하려 했다.

"제가 봤을 때는 써도 될 것 같습니다. 저라면 뽑아줄 것 같습니다."

엄마와 아들 모두 두 눈이 동그래졌다. 표정은 서로 달랐다. 엄마는 그저 놀란 눈치였지만, 아들은 반가워서 눈이 반짝였다. 그 학생은 다른 곳에서는 모두 다 안 된다는데 왜 나만 된다고 하는지 바로 물었다.

"이 학생 학생부에는 다른 학생들이랑은 다른 특별한 게 있어요. 그래서 어떤 학생인지 궁금해져요."

내가 만약 입학 담당 교수나 입학사정관이라면 이 학생을 눈앞에 데려다놓고 한번 보고 싶어할 듯했다. 그 이유 하나만으로 충분했다.

나는 그 학생부를 들고 눈앞에서 점수를 매기며 서류 평가를 했다. 서울대 경영학과를 가려면 최소 15점을 받아야 한다. 그 학생은 12점에서 13점 정도가 나왔다. 12.5점이면 서울대의 아주 낮은 과를 써야 그나마 붙을 가능성이 있었다. 나는 입학사정들이 최종적으로 조정 점수를 줘서 이 학생을 면접장까지 오게 하리라고 생각했다. 엄마는 왜 이렇게 주관적으로 이야기를 하냐며 불만스러워 했다. 객관적으로, 냉정하게 말해달라고 요구했다.

냉정하게 보더라도 서울대에서 이 학생을 마다할 학과는 없어 보였다. 어떤 과를 지원하더라도 내가 말한 이유 덕분에 일단 1단계는 다 합격할 수 있었다. 다만 면접 준비는 열심히 해야 했다. 경영대는 수학 면접이 있었다. 아들은 아까부터 동그랗게 뜬 눈으로 자신 있다면서 열심히 고개를 끄덕거렸다. 엄마는 아들을 차마 이기지 못했고, 그 학생은 자기 의지대로 경영학과에 지원하기로 했다.

자기소개서 문항을 준비할 때도 어떤 내용으로 채울지 고민하길래 당연히 책 이야기를 가득 하라고 조언했다. 자기소개서 1번 문항은 학교 생활에 관해 묻는 질문이다. 그 학생은 자기가 고등학교에 입학해서 고전 문학에 빠져 산 이유, 2학년 때 인문학과 철학에 관심을 두게 된 이유, 그런 관심이 사회과학으로 옮겨간 이유를 포함해 3년 동안에 걸친 독서 연대기를 썼다. 누가 봐도 이 학생은 인생의 모든 순간에서 책이 전부라고 생각하게 될 정도로 책을 향한 절절한 러브레터에 가까운 자기소개서였다.

그 무렵 서울대에 입학하는 데 필요한 서류는 자기소개서 말고도 하나 더 있었다. 교사 추천서였다. 추천서를 누가 썼을까? 이쯤이면 누구나 짐작할 수 있었다. 그 학생하고 가장 가깝게 지낸 고등학교 도서관 사서 선생님이었다. 사서 선생님은 학생부처럼 경영학에 관련된 이야기는 추천서에 단 단어도 적지 않았다. 사서 선생님이 추천서에 적은 대로 '늘 책을 짊어지고 사는 아이'에게는 어울리지 않기 때문이었다.

특이하고 특별한 자기소개서와 추천서에는 마케팅이나 수학, 경영학이 아니라 책 이야기만 서재처럼 빼곡히 차 있었다. 그 학생은 1단계와 면접을 거쳐 최종 합격했다. 책 150권하고 함께 서울대 경영학과의 높은 문턱을 넘었다.

요즘 고등학교 학생들은 전공에 관련된 책을 최소한으로 골라 효율적인 독서를 하려 한다. 책을 읽지 않고도 인터넷이나 유튜브를 보고 얻은 줄거리로 대충 독서 목록을 꾸린다. 그마저도 학생부 기재 방안이 바뀌면서 대학에서 독서 기록을 확인하지 못하게 됐다. 학기 중에 책을 제대로 읽으려는 학생들은 거의 없어지고 말았다.

독서 목록은 그 사람을 알 수 있는 가장 빠른 방법이다. 학생도 마찬가지다. 고등학교 생활 동안 읽은 책은 자기가 어떤 사람인지, 어떻게 살아가고 있는지, 어떤 생각을 하는지를 진실하게 보여줄 수 있다. 관심 있는 분야에 한 정해서 책을 읽는 방식도 좋다. 반대로 여러 분야에 걸친 책을 읽으면서 자기 세계를 넓혀가는 방식도 의미가 있다.

그렇지만 대부분의 학생은 전공 적합성이라는 허울에 빠져 학생부를 그저 '관리'하면서 지낼 뿐이다. 한 학기에 몇 권은 읽어야 한다는 기준을 넘기느라 아무런 고민도 없이 인터넷에서 검색해 제목만 훑은 뒤 얄팍하고 뻔한 목록을 제출한다.

한국 대학 중에 학생이 읽은 책에 가장 관심을 두는 곳이 바로 그 학생이 합격한 서울대다. 서울대는 지금까지 독서가 학업 역량을 최종적으로 증명한다고 보면서, 여러 장치를 마련하고 꽤 많은 노력을 들여 학생이 읽은 책을 확인하려 한다.

그렇다고 해서 서울대가 정한 학생부 종합 전형(학종) 평가 기준이 아주 좋다고 생각하지는 않는다. 학생의 모든 면을 종합적으로 평가하는 일이 학종이 내세운 취지와 목표이기는 하지만, 좁은 기준과 짧은 과정, 선형적 틀 안에 담을 수 없는 학생도 분명히 있기 때문이다. 그나마 이 학생이 합격하는 모습을 보면서 서울대가 제대로 된 학생을 뽑을 수 있는 최소한의 장치는 갖춘 곳이라는 사실을 확인할 수 있었다.

나는 이 책벌레 학생이 자랑스럽다. 이런 학생은 서울

대가 뽑아야 하는 가장 인재다운 인재가 틀림없다. 좋아하는 책으로 자기가 누구인지 증명한 이 학생은 앞으로 더 많은 책을 읽으면서 자기 세계를 꾸려갈 테니까 말이다.

혹시 집 지을 생각
있으신가요?

서울의 어떤 곳을 지나가다 보면 꼭 기억 속에서 마주치는 학부모가 있다. 그곳은 어느 건축사무소 근방이었다. 입시 컨설팅을 하면서 참 많은 사람을 만났지만, 그날 그 건축가가 한 의뢰는 쉽게 잊을 수 없다.

입시 컨설턴트가 하는 일은 다양하지만, 그중에서 설명회는 가장 굵직한 업무로 꼽힌다. 입시 환경에 일어난 변화를 읽어 설명하고, 학원에서 하는 수업을 소개하는 자리인 만큼 많은 학부모가 설명회에 참가하러 학원을 찾는다. 한두 시간가량 이어지는 설명회가 끝나면 학부모들이 썰물처럼 빠져나가지만, 남아서 이런저런 질문을 하는 사람도 많다. 대개 '의대 준비는 어떻게 해야 할까요'나 '우리 아이 성적으로 어디를 갈 수 있을까요' 같은 질문 겸 하소연이다.

그날 설명회는 조금 다른 풍경이었다. 설명회를 할 때 연사들은 청중 사이에서 경청하는 사람들을 양방향으로 정해놓고 그 양쪽을 집중적으로 바라보면서 시선을 맞춘다. 발표하는 사람들이 으레 그러하듯 시선을 처리하기 편하고 피드백도 잘돼 마음이 안정되기 때문이다.

곱게 물든 흰머리를 한 분이 한가운데 앉아 있었다. 고급스러우면서도 단정한 옷차림이 누구보다 눈에 띄었다. 무엇보다 설명회가 진행되는 내내 연단 위 발표자를 관찰하듯 뚫어지게 쳐다봐서 나도 덩달아 한가운데로 시선을 자주 맞출 수밖에 없었다.

끝나고 나서 가벼운 상담을 요청하는 학부모들이 그날따라 많아서, 시간이 꽤 늦어졌다. 그분은 맨 뒤는 아니지만 자기 차례가 되기 전에 다른 이들이 먼저 질문할 수 있게 뒤에 있던 사람들을 앞으로 보냈다. 마지막까지 기다린 뒤에야 그분은 비로소 내게 말했다.

"혹시 집 지을 생각 있으신가요?"

대치동 한복판 입시 설명회 자리에서 나오기에는 너무나 낯선 질문이어서 나는 조금 놀랐다. 연배가 60대 초반 정도 되는 건축가였다. 무슨 소리인가 싶어서 조금 머뭇거리자 그분은 다시 차분히 말을 이었다.

"제가 집을 원가에 지어드리면, 저희 늦둥이한테 여러 가지 지도를 해주시면 어떨까 해서요."

내가 집을 짓겠다고 하면 재료비만 받고 무료로 해주겠다는, 아주 파격적인 제안이었다. 건축가라고 적은 명함을 건네받은 뒤에야 쑥스러운 사람이 처음 건네는 실없는 농담이 아니라 진심을 담은 의뢰라는 사실을 알게 됐다.

늦둥이를 맡아서 입시 조언을 해주면 원가로 집을 지어주는 거래를 하자는 말이었다. 아이는 중학교 3학년이었다. 나는 아이가 현재 어떤 상황인지를 물었다.

"저는 입시를 하나도 모르거든요. 첫째랑 둘째가 워낙 알아서 잘 해서……."

위로 누나 둘을 대학 보낼 때는 일이 바빠서 아무것도 신경을 쓰지 못했다. 막내는 늦둥이라 그런지 어리광도 피우고 가족들이 모두 다 챙겨주다 보니 스스로 하는 일이 없었다. 어떻게 해야 하나 싶어서 학교에 가 상담을 했는데, 공부를 꽤 잘하니까 어느 전국 단위 명문고에 진학하라는 권유를 받았다. 그 학교 이름은 상담하면서 처음들었다. 대치동에서 여러 설명회가 열린다는 사실을 알고는 답답한 마음에 여기저기 돌아다니다가 오늘 설명회까지 오게 됐다.

"다른 학원 설명회에서는 통학 거리를 생각해서 고등학교를 선택하라는 말도 안 되는 이야기를 자꾸 하더라고요. 그런데 선생님 설명회는 조금 달랐어요. 아무것도 모르는 제가 들어도 일리가 있는 이야기라서 이렇게 부탁드리는 거예요."

그동안 다닌 여러 설명회에 견줘 오늘 내가 한 말에서 신뢰와 확신을 얻은 모양이었다. 감사한 일이었다. 덕분에 막둥이 입시를 내게 전적으로 맡겨보자고 결심했고, 그 고등학교 다니기가 매우 힘들어 보여 걱정인데 자기를 비롯해 온 가족이 요새 입시는 아예 문외한이라 학생부 컨설팅이나 진로 결정까지 완전히 맡기고 싶다고 했다.

"그런데 돈을 드리자니, 진심으로 안 받아들이실 것 같아서⋯⋯."

돈이야 얼마든지 낼 수 있지만, 돈이 끼어들면 진심을 느낄 수 없는 사무적 관계만 맺어질 테니, 그냥 서로 필요한 뭔가를 교환하는 방식이 좋겠다는 결론을 내린 듯했다. 대치동 한복판 학원에서 물물 교환은 생전 처음 듣는 이야기였지만, 돈이 오가는 사무적 관계를 피하고 싶어하는 진심은 마음에 와닿았다. 일단 나는 고등학교 진학에 관해 물었다.

"그 학교에 왜 진학을 시키려고 하시는 거예요?"

"잘 모르겠어요. 그냥 좋다고 들어서요."

깊게 고민한 적은 없다는 대답이 돌아왔다. 옛 강남 8학군 명문고처럼 그냥 좋은 고등학교에 가면 좋은 대학에 가지 않겠냐는 막연한 생각만 하고 있었다. 학력고사 시절이나 수능 성적표만으로 대학 간 시절에는 좋은 고등학교에 가는 방법이 입시에 가장 좋은 수단이었지만, 지금은 학생부 종합 전형이나 교과 전형이 있는 만큼 좋은 학교에 간다고 해서 모두 입시에 성공할 수는 없었다. 나는 좋은 고등학교에 들어가면 나중에 인맥을 활용하는 식으로 동문 덕을 볼 수도 있겠지만 무엇보다 목표에 맞춘 진학이 중요하다고 설명했다.

"살아보니 인맥은 그냥 그렇더라고요. 저도 그런데, 제 아이는 동문 덕은 볼 일이 더더욱 없겠지요."

"그러면 학생의 목표에 따라 달라질 겁니다."

"우리 아이랑 그 목표에 관해서 차근차근 이야기해보실 수는 없겠죠?"

나는 아이하고 함께 학원으로 오시라면서 전화번호를 건넸다. 돌아오는 대답이 또 신선했다. 나한테 자기 사무실로 와달라는 제안이었다. 사무실 일이 바빠 따로 시간을 낼 틈은 없지만 좋은 사무실에서 좋은 차를 대접할 수는 있다고 했다. 출장 형식 컨설팅은 종종 해봤다. 대개 오랜 친구이거나 각별한 사이라 학원 사무실에서 형식적으로 만나기가 부담스러운 탓이었지, 웬만하면 일반 학부모를 만나러 밖으로 나가지 않는다.

입시 컨설팅은 사람하고 부딪치고 얼굴을 맞대는 직업이라 정말 다양한 인간 군상을 만나기 마련이지만, 이 건축가가 한 의뢰와 제안은 낯설었다. 난생처음 받는 제안인데도 무례하다거나 나를 낮잡아 보는 듯한 느낌은 전혀들지 않았다. 오히려 그 늦둥이를 둘러싼 환경이 더욱 궁금해졌다. 마침 눈코 뜰 새 없이 바쁜 시기도 아니었다.

약속 시간에 맞춰서 조금 붐비는 지하철역 근처 건축

사무소에 갔다. 무척 깔끔한 사무실에 건축가 임마와 늦 둥이 아들이 앉아 있었다. 먼저 앞으로 목표가 뭔지, 무엇 이 되고 싶은지 물었다. 아이는 엄마를 빤히 쳐다봤다.

"엄마하고도 이런 얘기를 한 적이 없는데⋯⋯. 사실 저 의사가 되고 싶어요."

그 아이의 꿈은 의사였다. 지방에서 의대를 나와 의사 로 일하는 누나처럼 살고 싶다고 했다.

인생의 롤 모델이 바로 옆에 있으니 의사를 꿈꿔도 좋 을 만했다. 수시 전형으로 의대에 들어가는 방법은 크게 두 가지가 있다. 학생들이 아주 선호하는 메이저 의대에 가고 싶다면 상대적으로 경쟁이 센 고등학교에 진학해서 독보적인 최상위권을 유지해야 한다. 반면 '의대이기만 하 면' 상관없을 때는 일반 고등학교에 진학해 열심히 공부 해야 한다. 전교 1등이어도 메이저 의대에 진학할 수 있다 고 보장하기는 어렵지만 말이다.

그 학생은 지방 의대라도 상관없다는 쪽이었다. 그러 면 결론은 더욱 쉬워진다. 상대적으로 경쟁이 덜 심한 다 른 지역의 고등학교에서 최상위권을 유지하면 된다. 의대 가려고 삶의 터전까지 옮기면서 무리수를 둬야겠냐며 안 좋은 시선을 보낼 법도 하지만, 최상위권을 유지해야 한 다는 조건은 오롯이 당사자가 하는 노력에 달린 문제다.

지역을 옮긴다고 해서 저절로 얻을 수 없는 결과였다. 오히려 낯선 곳에서 외로운 생활을 해야 하는 만큼 더 힘든 길일 수도 있었다.

"그런데 이렇게 하는 건 편법 아닌가요?"

"당당하게 원래 살던 곳에서 공부해서 목표를 달성하는 방법이 제일 마음이 편할 수는 있지만, 편법은 아니지. 내 생각에는 네 목표와 네 인생이 더 중요할 수도 있을 것 같다."

"이 문제는 가족들이랑 같이 상의해볼게요."

이사가 편법 같다고 고민하던 학생은 일단 더 생각해보겠다며 돌아갔다.

그 학생 집에서는 가족회의까지 열었다. 큰누나와 작은누나, 엄마와 아빠가 모두 달려들어 머리를 싸맸다.

"그게 나쁜 일인 것 같지는 않은데, 그런 일까지 해서 우리가 떨어져 살아야겠니?"

건축가 엄마는 반대했다.

"의사가 아니더라도 좋은 직업은 많으니까 굳이 그런 방법은 쓰지 마."

서울대 공대에 다니는 누나는 이런 조언을 했다.

"하고 싶으면 해야지."

의사인 큰누나와 아빠는 찬성했다.

의견이 반으로 뚝 갈렸다. 선택은 온전히 학생 몫이 됐다. 학생은 결정하지 못하겠다면서 나를 다시 찾아왔다.

나는 물었다. 엄마하고 떨어져 살 수 있겠느냐고. 나도 고등학교 1학년 때 가족하고 멀리 떨어져서 하숙한 경험이 있었다. 향수병에 걸려 된통 고생했다. 고등학교 내신이 그런 이유 때문에 좋지 못했다. 갑자기 환경이 바뀌면 적응하지 못하는 학생이 꽤 많았다. 내 이야기를 듣더니 자기는 괜찮을 듯하다고 했다. 지방으로 거주지까지 옮기면서 의대를 가야 하느냐 고민하던 마음은 해결된 상태인지 물었다. 학생은 그 문제도 괜찮을 듯하다고 했다. 그렇다면 안 하고 후회하기보다는 해보고 후회하는 편이 훨씬 더 좋다는 마지막 조언을 건넸다.

그 학생은 누나가 일하는 지역으로 이사를 가 함께 살면서 공부를 아주 잘하고 있다. 성적만 놓고 보면 교과 전형으로 지방 의대 여러 곳에 지원할 수 있을 정도다. 종종 상담을 오면 학생부 작성 방향도 조언했다. 교과 전형이든 학생부 종합 전형이든 충분히 의대에 갈 수 있는 수준이 됐다. 모의고사 등급도 잘 나오고 있으니 가장 만족스러운 선택이 된 셈이다.

입시 전 과정이 잘 마무리되자 그 학생의 엄마이자 건축가는 마지막으로 이런 말을 건넸다.

"선생님께는 정말 무료로 집을 지어드릴 수 있을 것 같아요."

몸을 뉘고 잠잘 공간이 충분히 있는 나는 이 제안을 웃으며 거절했다. 금전적인 대가가 오간 상담을 하지는 않았지만, 지금도 그때 말을 떠올리면 내가 아주 크고 대단한 뭔가를 가진 컨설턴트가 된 기분이 든다. 한 건축가가 누구보다 정성스레 지은 집 한 채 말이다.

별을 보고 싶은
아이

일반적인 입시 상담은 한두 시간에 걸쳐 비교적 짧게 진행된다. 그 시간 동안 학교 내신 성적과 모의고사 성적, 목표 대학과 학과를 정리한 요약본을 전해 듣는다. 학생의 현재 상황이 이러하니 앞으로 이렇게 공부하면 좋겠다는 내 의견과 진단을 더하면 학생과 학부모를 만나는 짧은 시간이 끝난다. 입시 상담을 받으러 오는 학부모는 요구 사항이 대개 명확하기 때문에 컨설팅룸의 긴 책상을 사이에 두고 오가는 말은 딱딱하고 형식적일 때가 많다. 그 학생이 어떤 학생인지, 가치관과 목표가 무엇인지 파악하기는 쉽지 않다. 어떤 상담은 성적과 숫자로 남아 그냥 흘러가기도 한다. 반면 어떤 상담에서는 한 사람의 인생이 성장하는 순간을 함께 마주할 때가 있다.

고등학교에 입학해 1학년 첫 시험부터 아주 훌륭한 성적을 받은 학생이 있었다. 전 교과가 모두 1등급인 학생이었다. 공부에 욕심도 많고 목표도 있던 학생은 어느 날 야간 자율 학습을 하다가 갑자기 쓰러졌다.

놀란 가족이 급하게 병원에 데려가 검사를 했는데, 생각보다 큰 병이라는 청천벽력 같은 말을 들었다. 조금만 앉아 있으면 숨이 차고 힘이 들었다. 침대에 누워 책을 보면서 공부할 수밖에 없었다. 2학기 성적은 당연히 떨어졌지만, 학생은 점점 그런 생활에 적응하기 시작했다. 병도 차마 이 학생의 열의까지 꺾지는 못했나. 가족도 헌신적으로 도왔다. 침대에 누워 공부할 수밖에 없는 아들을 위해 아빠는 천장에 두꺼운 철사를 박아 책과 패드를 눈높이에 걸 수 있는 장치를 설치했다. 엄마는 교과서와 참고서, 문제집을 하나하나 다 스캔했다. 아픈 아이의 한 학기는 그저 혼자 애써서 지나간 시간이 아니라 온 가족의 노력과 배려와 열의가 빚은 결실이었다.

인생에 갑자기 들이닥친 상황에 적응하는 데 1년이 걸렸지만, 2학년 1학기와 2학기에는 성적이 점점 올라갔다. 수학 성적만 좀 떨어졌다. 수학 문제는 눈으로 풀 수 없기 때문이었다. 손을 쓰면서 풀지 못하는 탓에 수학만 3등급이고 나머지는 모두 1등급을 받았다.

3학년에 올라가는 무렵, 그런 성적을 들고 온 학생을 상담에서 처음 만났다. 그 학생이 간절히 하고 싶어하는 일은 별 보기, 곧 천문학이었다. 대치동에서 입시 컨설팅을 하면서 많은 학생을 만났지만, 그 학생만큼 힘든 상황에서도 공부를 놓지 않는 사례는 드물었다. 천문학과를 간절하게 가고 싶어한 학생도 처음이었다.

당연히 서울대학교 물리천문학부에 가고 싶어했지만, 사실 이 학생이 나를 찾아온 때는 서울대를 갈 수 있을 만한 성적은 아니었다. 일반고에서 전교 10등 안에 드는 우수한 학생이라도 서울대의 문턱은 높았다.

"우리 아이는 재수는 절대 안 돼요. 올해는 꼭 대학에 보내야 해요."

부모들은 학생만큼 목표가 뚜렷하면서도 목적은 조금 달랐다. 무조건 올해 대학에 꼭 합격해야 한다고 강조했다. 이토록 힘든 시간을 한 해 더 겪게 하는 선택은 마음에 안 차는 대학에 진학하는 결과보다 더 가슴이 찢어지는 일이었다. 말 그대로 피를 토하면서 공부하는 자식의 모습을 하루라도 더 보고 싶지 않은 마음은 부모로서 당연했다. 다만 입시 컨설턴트로서는 조금 난감한 상황이었다.

한국에는 천문학과가 개설된 대학이 그리 많지 않다. 공부를 이렇게 열심히 한 만큼 학생은 당연히 서울대나 연세대가 목표였다. 나는 내신을 주로 보는 교과 전형으로 그 두 대학에 진학하기는 어렵다고 말했다. 학생이 아파서 방황한 1학년 2학기와 2학년 초반에 받은 내신 성적 때문이었다. 안타깝게도 학종도 합격을 기대하기는 어려웠다. 학생에게 남은 선택지는 그해의 끄트머리까지 쉼 없이 도전해야 하는 정시 수능 전형이었다. 입시 컨설턴트로서 해줄 말은 그 정도였다.

내신 성적으로 힘들다는 사실을 안 학생은 수능으로 가는 방향으로 노력해본다고 했다. 초반에는 모의고사 성적이 곧잘 나왔다. 그렇지만 체력이 떨어지면서 성적도 기대만큼 따라주지 않았다. 매번 치르는 모의고사에 맞춰 공부해야 할 범위가 점점 늘어나면서 공부가 힘에 부치기 시작했다. 나중에는 마음까지 약해지는 모습을 지켜볼 수밖에 없었다. 입시 컨설턴트로서 안타까운 순간이었다.

3학년 여름이 되면 수시 전형 지원에 맞춘 배치 컨설팅이 시작된다. 이 학생도 나를 다시 찾아왔다. 배치 컨설팅에서는 으레 6지망에 걸쳐 합격 가능성을 짚어주는 딱딱한 이야기만 오가기 마련이었다. 자리에 앉은 이 학생은 뜬금없는 이야기를 꺼냈다.

"선생님, 저는 그동안 너무 고생했어요. 그래서 처음에는 억울했어요. 지난 몇 년 동안 왜 이 병이 하필 나에게 찾아온 건지를 끝없이 생각했거든요."

삶을 송두리째 바꾸는 갈등 속에서는 당연히 억울한 감정이 싹트기 마련이었다. 서울대를 꼭 가고 싶었고, 노력만 하면 갈 수도 있었는데, 갑자기 생긴 병 때문에 못 간다는 사실이 억울해서 다 포기하고 싶기도 했다.

"그런데 엄마 차에서 라디오 광고를 하나 들었어요."

형편이 어려운 아이들을 후원해달라는 광고였다. 보통 때 같으면 아무 감정 없이 흘려보낼 단어들이 절망으로 가득한 마음을 쿡쿡 쑤셨다.

"서울대 천문학과에 꼭 가고 싶었는데, 사실 선생님한테 제 내신으로는 어렵다는 말을 듣고 그때 많이 힘들었어요. 정시도 도전해서 될 수 있을 것 같았는데, 점점 다 포기가 되더라고요. 왜 내가 하필 이 병에 걸린 건지, 내 아픈 몸이 너무 원망스러워서 잠 못 든 날이 수없이 많았어요. 그런데 라디오에 나오는 꼬마는 정작 나를 보고 어떤 생각을 할까, 그런 생각이 든 거예요. 그 순간 제가 그동안 너무 위만 바라보고 산 게 느껴졌어요."

별 보기는 꼭 서울대에 가야만 할 수 있는 일은 아니었다. 마음만 먹으면 고개를 들어 어디서든 실컷 볼 수도 있었다. 그렇게 마음을 다잡은 학생은 성적에 맞는 다른 학교 천문학과에 입학한 뒤 대학원에 진학해서 꾸준히 별을 공부하고 싶다는 결심을 들려줬다. 나는 6지망 안에서 학생이 합격할 수 있는 대학들을 잘 갈무리해 이야기해줬다.

이 학생은 자기 성적으로 갈 수 있는 대학 중에서 가장 좋은 대학의 별을 보는 학과에 진학했다. 때때로 잘 지내고 있다는 소식을 전한다. 별을 보고 싶다는 꿈을 꾸게 된 계기는 인터넷에서 우연히 본 사진 한 장이었다. 우주를 빼곡히 메운 별들이 무척이나 아름다웠고, 그래서 천문학자의 꿈을 키웠다. 언젠가 지리산에서 텐트 치고 별을 실컷 구경하고 싶다던 이 학생은 지금도 매 순간 자기 꿈에 더 가까워지고 있다.

나는 생각한다. 대학이 목표인 삶이 아니라 삶의 목표에 맞는 대학을 선택한 이 학생은 결국 올바른 방향으로 나아갈 수밖에 없다고. 그리고 몇 년 뒤에는 위만 보지 않는, 누군가의 삶을 함께 돌아볼 줄 아는, 누구보다 낭만적인 천문학자가 돼 있으리라 확신한다.

2부

'의대'라는 이름의 병과 이기적 유전자

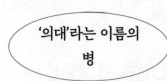

'의대'라는 이름의
병

요새 컨설팅을 하다 보면 특목고든 일반고든 가리지 않고 꽤 많은 학생이 의대를 지망하는 현실이 피부에 와닿는다. 과장 없이 상담 의뢰가 하나 건너 하나 의대일 정도이니, 자연 계열에서 조금 우수한 학생은 모두 한 번씩 의대를 꿈꾼다고 봐도 될 정도다.

의대에 가고 싶어하는 학부모와 학생을 찬찬히 살펴보면, 가정 환경이 썩 좋지 않은 사례나 의사가 돼 안정된 고소득을 올리고 싶어하는 사례를 쉽게 떠올릴 수도 있다. 사실 이런 학생을 만나보면 굳이 의사라는 직업에 자기 미래를 한정하려 하지 않는다. 연구하러 서울대에 가고 싶어하기도 하고, 선생님이 되고 싶어하기도 한다. 반대로 진짜 부유한 집안이나 이른바 '사'자가 들어가는 집은 의대를 보내고 싶어하지 않는 사례가 앞의 사례에 견줄 때 훨씬 드물었다. 재정 상황이 풍족하고 사회적 지위가 탄탄할수록 대개 의대를 향한 집착이 커진다. 의대 간 서열을 지나치게 중시하는 사례도 많다. 컨설팅 자리에서 지방 의대는 의대가 아니라면서 대놓고 깔보는 일도 자주 겪는다. 의대와 비의대의 차이도 물론 크지만, 의대를 원하는 학부모들에게는 이른바 메이저 의대와 지방 의대 사이의 서열도 너무나 뚜렷하게 다가온다.

예비 고등학교 1학년 학부모를 상대로 한 설명회나 상

담도 대부분 의대를 가려면 어떤 고등학교에 가야 하는지 묻는 질문으로 시작한다. 이 질문은 너무나 많은 요소를 포괄하고 있어서 섣불리 정답을 말하기 어렵다. 나는 학부모들에게 꼭 되묻는다.

"서울에 있는 의대를 가고 싶으신 건가요?"

조금 고민하는 학부모가 있고, 자신 있게 그렇다고 대답하는 학부모가 있다. 그러면 보통은 그 목표에 맞춘 처방을 내린다.

"공부 잘하는 학교에 가서 전교 1~2등을 하면 서울에 있는 의대에 갈 수 있습니다."

메이저 의대들이 뽑아 가는 학생들을 살펴보면, 지방 소재 고등학교에서 모든 과목 1등급을 받는다고 해도 여의치 않기 때문이었다. 지방에서 올라오는 학생과 학부모에게는 지금 다니는 학교가 인근 사람들 말고 다른 지역 사람은 모르는 곳이라면 특정 의대는 절대 쓰지 말라고 만류하기도 한다. 이렇게 콧대 높은 의대들이 문을 단단히 걸어두고 버티고 있으니, 그 폐쇄적인 집단에 들어가고 싶은 열망도 덩달아 커지기 마련이다. 의대를 향한 맹목적 열망과 냉정한 현실 사이에서 갈등을 넘어 고통까지 받는 학생과 학부모가 많다.

꽤 오래전, 서울에 있는 한 고등학교에서 전교권에 드

는 여학생이 상담을 왔다. 아버지와 어머니가 모두 의사인 집안이었다. 이 학생은 수학과 과학이 다른 과목보다 뛰어났고, 국어와 영어를 비롯한 나머지 과목은 성적이 조금 떨어졌다. 이런 식으로 성적이 편차가 날 때는 보통 서울대 공대를 지원해봄 직했다. 공대는 수학과 과학 성적이 중요해서 합격선이 높은 학과에 지망할 수 있었다.

"서울대 공대에서 원하는 과를 쓴다면 대부분 다 합격할 것 같네요. 의학 계열을 희망한다면 치대나 한의대를 써볼 수 있을 것 같습니다."

학생부를 꼼꼼히 검토하고 내 생각을 전하자 학부모들 표정이 모두 삽시간에 어두워졌다. 학생의 아빠가 뒤이어 이야기했다.

"저희는 의대를 보내고 싶은데요."

"의대를 가고 싶으시면, 수도권 의대 정도라면 지원은 시도할 수 있을 것 같습니다."

보통 의대를 가고 싶어하는 학생은 과목별 내신 등급 하나하나에 집착하기 쉬운 탓에 학생부 관리가 제대로 되지 않은 사례가 많았다. 이 학생도 그런 유형이었다. 학교에서 한 동아리 활동이나 수상 실적, 수행 평가는 내용이 빈약해서 높은 내신 등급하고는 괴리가 컸다. 죽어라 시험 공부를 해서 받은 좋은 내신이라는 무기 하나만 들고 지원해야 했다.

"의대를 정 가고 싶다면 중위권 의대까지는 지원이 가능할 것 같습니다. 아주 운이 좋다면 중앙대까지는 써볼 수는 있겠지만, 큰 기대는 하지 말아야 합니다."

학부모들은 내 말을 듣고 오해를 약간 곁들여 일단 중앙대나 경희대를 써야겠다고 마음먹은 듯했다. 굳이 써보고 싶다면 써보는 데 의의를 둘 수 있다는 뜻으로 한 말이었는데, 학부모들은 영 다르게 받아들였다. 뒤이어 어느 의대 무슨 전형은 미달이 자주 나고 어느 대학은 서울대나 연세대에 붙은 학생들이 빠질 테니 합격 가능성이 있지 않겠느냐고 물었다.

내가 볼 때 이 학생이 얻은 전교 등수로 그런 고려까지 하기는 어려웠다. 설령 내신 성적이 전교 3등 안에 든다고 해도 학생부 내용이 좋지 않아 합격권에서는 아주 멀어 보였다. 그런 가능성은 없어 보인다고 솔직히 대답했지만, 두 학부모는 최상위 의대를 위부터 차례대로 쓰는 방식을 확정하고 싶어하는 듯했다.

"최상위권 의대를 쓰지 않고 3학년 원서를 마무리하면 지나고 나서 후회를 하거나 마음에 걸릴 것 같습니다."

그분들은 희망 대학을 나열하고는 컨설팅을 마무리한 뒤 떠났다.

더 큰 문제는 따로 있었다. 최상위권 의대라는 열망에 사로잡히다 보니 수능 공부를 해야 할 중요한 시기에 의대 면접 수업을 들었다. 게다가 면접 수업을 두 개나 듣게 했다. 뒤늦게 소식을 알게 된 나는 지금도 지방대 의대에는 충분히 합격할 수 있는 성적이니까 이제는 수능 공부에 매진해야 한다고 설득했다. 차라리 나중에 상위권 의대 논술을 준비하는 편이 낫다고 전화를 걸어 다시 전했다.

내 말은 이번에도 곡해됐다. 면접 수업 두 개에 더해서 논술 수업까지 추가해 듣느라 소중한 시간을 허비하고 말았다. 결과는 불 보듯 뻔했다. 논술은 불합격했고, 원서도 최상위권 메이저 의대만 지원한 탓에 서류 통과도 못한 채 1단계에 떨어졌다. 면접을 열심히 준비했지만, 정작 면접장에 들어가지도 못했다.

마지막 무기로 남은 수능 성적표도 애매했다. 정시 전형에서는 서울대 낮은 과나 연고대 중상위 과를 지원할 수 있는 성적이었지만, 그 학생과 학부모는 이미 메이저 의대로 기준을 고착시킨 탓이었다. 이번에는 정시 전형으로 갈 수 있는 의대를 수소문하기 시작했다. 나는 전화를 받고 차라리 반수가 어떻겠냐고 조언했지만, 그 학부모들은 어느 의대가 미달이 날지도 모른다는 소문을 듣고는 원서 세 장을 모두 의대에 넣었다. 결과는 다시 뻔해졌다.

모두 불합격이었다.

그 학생은 이제 정말 갈 곳 없이 재수해야 했다. 재수해서 받은 수능 성적은 한의대나 치대를 갈 만한 수준이었다. 그나마 가능성이 있을 법한 하위권 의대를 한 곳 추천했지만, 수도권에서 갈 수 있는 의대를 찾아달라는 대답이 돌아왔다. 1년 전보다는 눈이 많이 내려왔지만, 아직도 그 가족들은 '이름 있는 대학의 의대'를 향한 집착을 버리지 못하고 있었다.

재수하면서 학종으로 이름난 여러 의대에 모두 불합격한 뒤인데도 그랬다. 교과 전형으로 합격할 만한 지방 의대도 있고 학종으로 다시 도전하면 지방 의대 한 군데는 붙을 만했지만, 그 부모들은 그런 데는 가기 싫다면서 모조리 다시 중상위권 의대에 원서 여섯 장을 써버렸다.

결과는 삼수였다. 한편으로 나는 삼수까지 하면 부모들 고집이 조금 꺾이지 않을까 기대했다. 최종 교과 성적으로 갈 만한 지방 의대를 더 열심히 찾아봤다. 그해 입시 흐름에서는 어느 지방 의대에 펑크가 날 듯한 조짐이 보였는데, 그 학생의 교과 내신 성적 구조가 딱 그곳에 안성맞춤이었다. 나는 그 의대를 추천했지만, 이번에도 그 학부모들은 지방 거점 국립대 의대와 수도권 의대에 원서를 허비했다. 그렇게 또 한 번의 기회가 날아가고 말았다.

사수생이 돼서야 부모 없이 학생 혼자 나를 종종 찾아오기 시작했다. 의대에 꼭 가야겠다는 생각은 없고 첫해에 내가 권한 서울대 공대도 만족하면서 다닐 듯하다고 이야기했다. 동기들하고도 친해지고 싶은데 혹시 원서 잘못 써서 다시 입시를 치르게 되면 남들 졸업할 나이에 입학하는 셈이니 대학이 의미가 없지 않을까 한탄도 했다.

그 학생은 마음고생을 한 나머지 성적이 크게 떨어졌지만, 그래도 자기가 원하는 대학 원하는 학과에 합격했다. 다행히 적성에 잘 맞는지 언제는 한번 나를 찾아와서 대학원에 진학해 학과 관련 공부를 계속하고 싶다며 수다를 떨고 가기도 했다.

한국에서 의대라는 이름은 너무 큰 힘을 가졌다. 마땅히 생각할 수 있는 다른 길이 모조리 막힌 듯한 느낌을 받을 때가 많다. 이 학생 이야기는 유별난 에피소드가 아니다. 오히려 일일이 기억을 되짚을 수 없을 정도로 이런 사례가 너무 흔하다.

나는 의대가 낳은, 의대라는 이름을 한 병에 사로잡혀 끊임없이 집착하는 학생과 학부모를 많이 봤다. 이 병은 꽤 끈질기게 누군가를 붙들어놓는 달콤한 환상이다. 대학 입시를 코앞에 둔 고등학생과 학부모부터 반수생과 장수생을 거쳐 초등학생까지 말이다.

대치동
오라클

영화 〈매트릭스〉에서 오라클은 미덕과 현명함을 상징하는 여성이다. 주인공 네오와 몇몇 다른 등장인물의 운명과 미래를 예측하고 고민과 문제를 해결한다. 사실 오라클은 초월적 힘을 지닌 예언자가 아니라 데이터 분석을 거쳐 미래를 예측하는 인공 지능 시스템이다. 매트릭스의 디자이너 중 한 명인 아키텍트Architect가 만든 프로그램으로, 매트릭스 내부에서 일어나는 일을 예측하고 실험하는 데 쓰인다. 아키텍트는 방대한 데이터베이스를 바탕으로 사람들의 선택과 행동을 분석해 미래를 예측하고, 이런 예측을 토대로 매트릭스의 설계를 수정한다.

겉으로 보면 예언자의 신비로움을 두르고 있지만, 사실 오라클이 하는 구실은 예측에 가깝다. 예언과 예측의 차이는 간단하다. 예측은 분석에 기반해야 한다. 반면 예언은 그냥 머릿속에 문득 떠오르는 무엇이다. 대치동에는 예측가와 예언자 중 누가 더 많을까?

논술 학원에서 종합 학원으로 이직하면서 다른 컨설턴트들이 하는 설명회를 처음 들었다. 지금이야 정시가 확대되면서 상대적으로 학종이 인기가 가라앉았지만, 학원 입시 설명회, 특히 수도권 대학 수시 전형에서 비중이 큰 학생부 종합 전형은 명문대에 진학하고 싶어하는 학부모들 사이에서 여전히 유효한 카드다. 학종은 대학마다 평가

요소가 조금씩 다른 만큼 대부분 현재 어떤 위치에 있는 학생이 명문 대학에 가려면 무엇이 더 필요한지에 관련된 정보가 가장 화젯거리가 된다.

수능 점수를 활용하는 정시 전형과 내신 수치를 정량화하는 교과 전형에서도 입시 컨설턴트는 중요한 구실을 한다. 그렇지만 컨설턴트에게 가장 중요한 역량은 대학이 제시하는 학생부 종합 전형의 평가 구조를 잘 알고 학생부를 평가할 수 있는 눈이다. 이런 눈은 단시간에 습득할 수 없다. 평가 구조를 알더라도 다양한 컨설팅을 하면서 경험을 쌓아야 하는 영역이 남아 있기 때문이다.

학생의 이른바 '스펙'을 정량적인 수치로 나타내서 그 학생이 합격하거나 불합격한 이유를 명쾌하게 설명할 수는 없다. 학생부 몇 장, 임원 경험 몇 번, 봉사 시간 몇 시간은 그 자체만으로는 의미를 지닐 수 없는 숫자들이다. 학생부 종합 전형은 말 그대로 한 학생에 관한 모든 요소를 종합적으로 평가하는 전형이기 때문에, 부분적인 정보만으로 합격이나 불합격이 된 이유를 추정하는 일은 매우 까다롭다. 그래서 입시 컨설팅을 받으려면 학원에 학생부와 모의고사 성적표 같은 서류들을 잔뜩 보내야 한다.

"우리 아이 내신 성적으로 어느 학교 학종에 붙을 수 있을까요?"

이런 질문에 대답하려면 컨설턴트들은 단순히 성적표에 적힌 숫자뿐만 아니라 학생이 다니는 고등학교, 동아리 활동, 수행 평가와 독서의 깊이 등을 자세히 알고 분석해야 한다.

처음 들어본 컨설턴트의 설명회는 숫자만 나열하는 식이었다. 합격자 내신을 보면 여기까지는 다 붙고 그 아래는 다 떨어졌다며 내신이 적어도 이 수준은 돼야 한다고 말했다. 어처구니없게도 정작 중요한 비교과 영역은 상중하로 단순하게 구분해서 대충 넘어갔다. 비교과에서 어떤 부분이 평가되는지도 이야기하지 않고 그저 자기가 중요하다고 생각하는 부분만 특별히 강조했다.

몇몇 유명한 대치동 컨설턴트도 자기가 보고 싶은 것만 보고, 자기가 집중하고 싶은 데만 집중한다. 이제 자기 나름대로 추측한 어떤 학생이 수시에 붙는다는 멋들어진 가상 시나리오가 머릿속에 그려진다. 그때부터는 예측이 아니라 예언에 가까워진다.

또 다른 컨설턴트의 설명회 자료를 본 적이 있다. 자료가 매우 구체적이고 방대해서 설명회 다니는 학부모들 사이에서 늘 인기였다. 입학사정관 출신인 나도 그만한 자료를 대체 어디서 어떻게 확보한지 추측조차 할 수 없었다. 컨설턴트들이 아무리 컨설팅을 자주 해서 상담 때 학생부를 많이 본다고 해도 수백수천 명에 이르는 학생의 내신 점수와 비교과 영역을 일목요연하게 정리하는 일은 불가능에 가까워 보였다.

하나하나가 질 좋은 자료는 아니더라도 저렇게 많이 모이면 당연히 입시에서 유용한 정보가 되기는 한다. 나는 입학사정관 경험에 바탕해 합격과 불합격 사례 분석만 해줄 뿐이었다. 사실 그런 설명이 가장 논리적이고 현실적인 설명이었지만, 압도적 양에 일단 질린 나는 같이 일하는 동료 강사하고 함께 비슷한 자료를 만들어내려 많은 노력을 기울였다. 그리하여 마침내 인터넷 커뮤니티에서 알맞은 자료를 찾았다. 게시판에 빼곡히 적힌 정보를 함께 모으자 결심한 뒤 밤을 새워 타이핑해서 데이터로 만들었다.

타이핑을 하고 정보를 읽다 보니 자꾸 익숙한 내용이 눈에 들어왔다. 그 컨설턴트가 한 설명회 자료에 담긴 수치들이었다. 이 게시판 내용을 긁어모아 자료를 작성한 사실이 분명해 보였다. 온라인에 공개된 자료를 수집한다고 해서 무작정 비난하기는 어렵다. 자기가 직접 상담한 학생들 자료만 쓴다는 원칙이 컨설턴트의 역량을 나타내는 조건은 절대 아니다. 풍부하고 다양한 방식으로 수집한 자료를 자기 논리에 따라 해석하고 분석해 학부모와 학생에게 올바른 방향을 제시하는 일이 컨설턴트에게는 더 중요하기 때문이다. 그 컨설턴트도 나름대로 노력을 기울인 셈이다. 앞서 말한 대로 문제는 자료를 '어떻게 설명하느냐'다.

그 컨설턴트가 이 자료를 설명회에서 어떻게 활용하는지 궁금해졌다. 주변에 그 컨설턴트가 하는 설명회에 다녀온 학부모에게 들으니 문제가 많았다. 특정 대학 특정 전형에 합격한 학생과 불합격한 학생의 특징을 나열하면서 합격한 학생의 학생부가 26장으로 분량이 더 많고 학급 회장을 세 번 한데다가 봉사 활동 경력도 30시간이나 더 많다고 설명했다. 결정적으로 그 컨설턴트는 합격한 학생은 탐구 활동을 4번 한 반면 불합격한 학생은 1번밖에 하지 않은 점을 강조했다.

문제는 다른 데 있었다. 그 컨설턴트가 제시한 자료가 온라인 게시판에 올라온 데이터하고 달랐다. 합격과 불합격 여부를 비롯해 다른 스펙과 정보는 얼추 일치하지만, 탐구 활동 개수는 오히려 불합격한 학생이 더 많고 봉사 시간도 엇비슷했다. 불합격한 학생이 봉사 활동을 덜 하고 탐구 활동 수도 적어야 합격과 불합격을 가른 이유가 그럴듯해지니까 수치를 바꾼 듯했다. 이 학생은 '이것' 때문에 합격이고 저 학생은 '그것' 때문에 불합격이라는 논리를 학부모들에게 꼭 제시하고 싶을 수도 있었다.

입시 설명회를 준비하면서 딱 한 가지만 갖추면 설명이 잘 될 텐데 하면서 아쉬울 때가 많다. 나는 학생부에 담긴 종합적인 평가 요소들을 잘 알고 있어서 더 그렇다. 컨설턴트의 머릿속에 그려지는 가상 시나리오대로 학생이 붙고 떨어질 리는 없다. 딱 맞아떨어지는 사례를 찾는 일은 아주 어렵고 고되다. 눈에 잘 보이는 사례가 아주 드물다. 앞서 말한 대로 학생부 종합 전형은 학생을 평가하는 요소가 매우 다양하기 때문이다. 합격과 불합격을 가른 이유를 찾기 어렵다고 해서 만들어낸다면 그 사람은 컨설턴트가 아니라 전지전능한 예언자다.

대치동에서 예언자가 되는 방법은 아주 간단하다. 스스로 그어둔 선 하나만 넘으면 된다. 사실 이 요소를 충족한 학생은 붙고 그렇지 않으면 떨어진다는 비교 사례를 찾으려면 그동안 축적한 데이터의 홍수를 거슬러 밤을 새야 한다. 찾고 또 찾다가 못 찾아 다른 내용으로 설명회를 한 적도 많았다.

같이 일한 동료가 밤을 새우다 지친 나머지 '우리도 한번 그 선을 넘어가자'는 우스갯소리를 던진 적이 있었다. 사실 예언자를 가르는 문지방을 하나 건너가더라도 그 논리의 진위를 파악할 수 있는 사람은 대치동에 아무도 없다. 수시 전형에서는 더욱 그렇다. 불합격한 이유를 아무도 확정할 수 없기 때문이다.

예언자들을 검증할 장치는 없지만, 눈치껏 구별할 방법이 몇 가지 있다. 설명회를 유심히 듣다 보면 컨설턴트가 특별히 강조하는 내용이 나온다. 강조하려는 내용을 설명할 아주 극적인 사례가 많이 등장한다면 그 컨설턴트는 예언자일 확률이 높다. 전지전능한 예언자가 돼 학부모들에게 나를 믿으라고 설파하는 사람 말이다.

대치동에는 아쉽게도 이런 예언자가 너무 많다. 예언자는 설명회를 할 때면 자극적 요소를 건드리면서 봉사 활동은 몇 시간을 넘겨야 하고 반장이나 동아리 회장은 몇 번 정도는 해야 한다는 식으로 눈에 보이는 수치만 강조한다. 그렇게 강조하는 궁극적 이유는 불안이다. 나라가 어지러울 때마다 예언자가 등장해 멸망에 관련된 이야기를 풀어놓듯, 입시 판이 혼란하고 예측하기 힘들 때마다 대치동 컨설턴트들은 학부모의 불안을 마케팅한다.

오라클이 제공하는 예측은 꼭 믿어야 할 진리가 아니라 그저 하나의 가능성일 뿐이며 사람들이 하는 선택에 따라 다른 결과가 나타날 수 있다는 점을 〈매트릭스〉는 암시한다. 특정 입시 컨설턴트가 제공하는 자극적인 정보를 맹신하기보다는 자기 스스로 다양한 정보를 파악하고 옳은 정보를 골라낼 수 있는 능력이야말로 대치동에서 학부모와 학생이 지녀야 할 무엇보다 중요한 역량이다.

돼지 엄마가
사는 세상

대치동에는 '돼지 엄마'라 불리는 사람들이 있다. 아주 소수이지만 막강한 정보력과 인맥을 바탕으로 전쟁 같은 입시의 세계에서 무소불위한 영향력을 행사하는 학부모를 일컫는 말이다. 처지가 똑같은 다른 학부모들 위에 자리하면서 강사와 학원까지 주무르고 입시 성공이라는 타이틀을 기어코 따내는 존재다. 돼지 엄마는 대체 어떻게 생겨난 걸까?

영재 학교가 한창 잘나간 시절에는 영재원이 영재 학교를 진학할 초석을 다지는 통로 구실을 했다. 지금은 대학 입시에 성공하는 데 필요한 인맥을 쌓으러 가는 곳이 됐다. 영재원은 영재 육성이라는 특수한 목적 아래 설립한 기관이지만, 생각보다 많이 있다. 교육청에서 운영하는 영재원도 있고 대학에서 운영하는 영재원도 여럿이다. 유명 대학에서 운영하는 영재원은 입학이 하늘의 별 따기 수준이다.

영재원에서 가르치는 내용을 보면 진짜 영재를 육성하려는 교육인지 의심스럽다. 영재원에서 수학 수업 조교로 일한 사람이 전한 말에 따르면, 창의적으로 수학을 가르치기보다는 대학에서 가르쳐야 할 내용을 초등학생에게 미리 가르칠 뿐이었다. 해석학이나 대수학 같은 대학 수학 과목을 이해하는 천재도 가끔 한두 명 있지만, 대부분은 그냥 외우는 데 그쳤다.

한국을 대표하는 대학들이 대부분 이런 식으로 영재원을 운영한다. 그런 영재원에 들어가는 입학시험을 준비하려고 많은 학부모가 대치동으로 몰려든다. 아이를 영재원에 보내려는 학부모들은 일찍부터 부지런히 노력한다. 초등학교에도 입학하지 않은 일곱 살 아이가 대치동에 자리한 유명 선행 수학 학원의 문을 두드린다. 요즘 이 학원은 영재원 입학 필수 코스나 마찬가지다. 대치동 큰길을 걷다 보면 정체를 알 수 없는 조그마한 독서 학원이 여럿 나타나는데, 대부분 '영재원 입학 준비 학원'일 정도다.

돼지 엄마들은 바로 여기에서 탄생하기 시작한다. 주어진 문제를 못 풀면 일곱 살짜리 어린아이를 늦은 밤까지 잡아두는 학원에 보내는 교육열 높은 학부모들끼리 모여도, 그 안에서 가장 열정적인 학부모가 있기 마련이다. 그런 학부모가 주도해 동기 기수들이 모이면, 돼지 엄마는 그렇게 만들어진 그룹을 명문 고등학교 입시와 명문 대학 입시까지 끌어간다. 일종의 학부모 생태계가 꾸려지는 셈이다. 하다못해 돈을 내고 특정 팀 수업을 받고 싶어도 '나도 좀 끼워주세요'가 불가능하다. 같은 영재원 동기 기수가 아니기 때문이다. 이런 폐쇄적인 세계에 진입하는 첫걸음이 영재원이다.

그룹 내부에서도 돼지 엄마와 나머지 학부모들은 서열이 철저히 구분된다. 입학사정관 시절에 한 유명 고등학교에서 입학설명회를 열어달라는 요청을 받은 적 있었다. 몇 번 방문하고 나서 같이 간 동료 입학사정관이 물었다.

"뭔가 좀 이상한 거 못 느꼈어요?"

주변 환경에 둔감한 나는 되물었다.

"어떤 문제요?"

"올 때마다 똑같은 사람이 중간에 앉아서 상담하지 않았어요?"

그 학교에서 입학설명회를 할 때마다 매번 사람들 앉는 자리가 똑같다는 말이었다. 곰곰이 생각하니 매번 정중앙에 앉는 사람이 있었다. 바로 전교 1등 학생 학부모였다. 그 사람이 화제를 꺼내기 전에는 옆자리에 앉은 사람은 절대 입을 열지 않았다. 중앙에 앉은 학부모가 그날 설명회에서 다룰 주제를 꺼내면, 나머지 사람들은 그 정해진 주제 안에서 궁금한 내용을 질문했다. 흔한 입학설명회인데도 질문 내용과 앉는 자리가 이미 서열에 따라 정해져 있었다.

이런 식으로 돼지 엄마와 그 사람 주위를 둘러싼 학부모들의 생태계가 돌아간다. 보통은 자녀 성적에 따라 학부모의 지위가 결정된다. 1등 학생 학부모가 굳이 나서지 않는 성향이라면 그 밑 순위로 돼지 엄마 자리가 내려간다. 상대적으로 성적이 낮은 학생의 학부모가 지나치게 적극적이어서 주도권을 잡기도 하지만, 아주 드문 사례다.

그런 학부모들은 보통 학원에 특정 강사가 하는 수업을 듣고 싶다는 요구를 잘 할 수 없기 때문에 독특한 생존 방식을 보여준다. 전교 1등 학부모를 자기 쪽으로 포섭한다. 그래야 학원에 가서 특정 강사가 하는 팀 수업을 자기 그룹에 배치할 수 있는 '입김'이 생긴다. 1등 학부모는 직장을 다녀 바쁘다든지 입시 정보를 일일이 찾기 귀찮아하는 사례가 많다. 그래서 다른 돼지 엄마를 마치 대변인으로 삼거나 행동 대장처럼 이용한다.

학원에서도 이런 관계를 알고 있어서 때때로 은밀하게 이용하기도 한다. 한 명의 돼지 엄마를 주축으로 하는 생태계가 여러 개 만들어진다. 한 학교에서도 몇몇 집단으로 나뉘어 학원하고 의사소통을 한다. 자기 그룹에 유명 강사를 데려오고, 팀 수업을 만들고, 유용한 입시 정보를 얻어내는 일이 이 의사소통에 달려 있다. 이런 돼지 엄마들을 만나 상담하고 수업을 만들어주는 사람들이 가장 눈치 빠르고 민감하게 움직여야 한다. 학원에서도 정치력이 필요하다.

꼭 돼지 엄마여야만 이 모든 일이 가능한 것은 아니다.

이런 생태계가 싫을 때는 돈이 아주 많으면 그만이다. 보통 팀 수업(선생님을 따로 섭외해 팀 단위로 받는 수업)을 하면 비용이 학원 수업료를 훌쩍 넘어선다. 실력 있는 선생님을 섭외한 뒤 5명에서 7명가량이 팀비를 나눠 내는데, 한 명당 내는 돈이 일반적인 개인 과외비보다 훨씬 더 비싸다. 여러 과목을 들어야 한다는 점을 고려하면 일반 가정에서 팀 수업을 빼곡하게 진행하기는 쉽지 않다.

내가 일한 학원에 전 과목을 모두 팀 수업으로 진행하는 학부모가 있었다. 심지어 5명이 모여야 하는 팀에서 3명밖에 모이지 않으면 나머지 두 명 비용까지 자기가 내겠다는 사람이었다. 그 학부모가 컨설팅을 받으러 왔다.

"학생이 선택한 주제를 조금 더 심화해보는 것이 좋겠습니다. 수행 평가를 할 때 도서관이나 온라인에서 열심히 자료를 찾아보는 것도 좋을 것 같습니다."

보통 학부모는 대부분 상담 내용을 받아 적거나 그냥 흘려듣고 끝나는데, 그 학부모는 내가 한 조언에 맞춰 필요한 일을 도와줄 사람이 학원에 있는지 확인한 뒤에 물었다.

"그럼 선생님에게 얼마를 더 주면 다른 애 말고 우리 아이에게만 신경 써주게 할 수 있나요?"

개인 선생님을 구하는 수준을 넘어서 아이에게 붙일

선생님을 독점하고 싶어했다.

정말 궁금했다. 그런 부를 축적한 과정을 조심스럽게 물었다. 대치동에 날고 기는 직업을 가진 학부모가 많지만, 그런 식으로 돈에 아무 거리낌이 없다는 듯 구는 사례는 나도 처음이었다.

그분은 약사였다. 근무 약사(페이 약사)로 일하면서 돈을 모아 동네에 건물을 하나 샀다. 대출을 해서 산 건물을 싹 고쳐서 1층에 약국을 차리고 나머지를 모조리 병원에 임대했다. 병원을 개원하면 월세 절반을 할인하는 조건을 내걸었다. 건물은 통째로 병원 건물이 됐다. 나중에는 월세를 안 깎아줘도 병원들이 서로 들어오려고 할 만큼 인기를 끌었다. 필요 없는 경쟁을 피하려고 면접을 본 뒤 진료 과목을 안배해 뽑았다. 이렇게 번 돈을 아이 입시를 결정지을 몇 년 동안 아낌없이 쏟아붓고 있었다.

학원 내부 정책 때문에 특정 강사를 독점하지는 못했지만, 그 돼지 엄마의 인맥과 정보력은 놀라웠다. 아예 딴 세상에서 혼자 입시 판을 쥐고 흔들려면 이 정도 규모는 돼야 하는 곳이 바로 대치동이기도 하다.

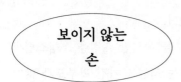

보이지 않는
손

대치동에는 학생, 학부모, 강사, 원장하고 함께 학원을 구성하는 또 다른 축이 있다. 바로 '실장님'이다. 강사와 학원의 중간에서 의사소통하고 학원을 찾아오는 사람들에게 강사와 강의에 관해 일반적인 설명을 하거나, 적극적으로는 학부모를 상대로 강의와 강사를 영업한다. 대치동에서 강사나 컨설턴트로 일하다 보면 많은 실장을 마주칠 수밖에 없다. 대치동 학원가를 물밑에서 움직이는 실장은 크게 세 부류로 나뉜다.

첫째 부류는 돈을 벌려고 일하는 분들이다. 어떻게 보면 가장 실장답게 일하는 사람들이다. 원장이 시키는 일을 받아서 하지만, 자기 역량 안에서 맡은 업무를 열심히 한다. 내가 만난 실장들 중에는 이런 분들이 꽤 있었다. 학원 안에서 세력은 없는 편이지만, 비교적 친하게 지낼 만하고 속 이야기도 나눌 수 있는 친근한 분들이었다.

둘째 부류는 사회로 나오고 싶어서 학원에 근무하는 사람들이다. 이런 유형에 속하는 실장들은 쳇바퀴 돌듯 흘러가는 일상이 답답해 학원에서 일한다. 보통 학력 수준이 매우 높고 성취감을 목표로 하는 사람이 많다. 이런 유형에 속하는 실장들은 입시 전반에 관한 경험과 노하우를 살려 독립 입시 컨설턴트로 성장하기도 한다. 물론 숫자가 많지는 않다.

생계형 실장이 전체의 15퍼센트에서 20퍼센트 징도를 차지한다면, 둘째 유형의 실장은 보통 10퍼센트 정도다. 실장이라는 생태계를 구성하는 나머지 부류는 입시에 성공한 아이를 둔 부모라는 훈장을 달고 학원가에 들어온다. 그중에는 유독 자기 아이와 자기의 삶을 동일시하는 사람들이 있었다. 아직까지 기억에 사무칠 정도로 유난히 피곤하게 군 어느 학부모를 학원 실장으로 다시 마주치기도 했다.

논술 학원에서 강사로 일하던 시절, 그 학부모는 처음에는 입반 상담을 한다면서 한 시간에서 두 시간 정도 질질 끌며 이런저런 요구를 했다. 학생부를 가지고 와서 이 정도면 서울대에 붙을 수 있겠느냐 물어보고 나서는, 서류에 적힌 모든 글자에 확신을 받고 싶어했다.

"이제 수업에 들어가야 합니다."

"그럼 물어보고 싶은 게 좀더 남았는데 어떻게 하죠?"

"학생이 수업에 등록하게 되면, 수업 올 때 학생부 가지고 오라고 하세요. 그럼 제가 봐 드리겠습니다."

나는 이야기를 마무리하려 했다. 그 학부모는 자기도 같이 듣고 싶다면서 따로 시간을 다시 잡겠다고 말했다. 입반 상담을 가장한 컨설팅 횟수는 늘어만 가는데 학생은 계속 수업에 등록하지 않았다.

궁금한 내용을 두세 시간 동안 폭풍처럼 물어보는 일을 몇 차례 끝낸 뒤에는 조금 잠잠해지는 듯했다. 한동안 연락이 뜸하다가 수행 평가나 중요한 교내 대회를 앞두고는 다시 연락하기 시작했다. 문제는 시간이었다. 학원 강사들은 보통 오후와 저녁 시간에 수업이 있어서 연락이 닿는 시간이 매우 한정적일 수밖에 없다. 이 학부모는 나름대로 전략을 짰다. 새벽 3시 반에 전화를 걸었다. 안 받으면 새벽 4시나 5시까지 수십 번을 끈질기게 걸고 끊었다. 어쩔 수 없이 새벽 전화를 받으면, 너무 급해서 죄송하다며 용건을 쏟아냈다. 실상 들어보면 전혀 급한 일이 아니었다. 주말까지 학교에서 과목 선택을 해야 한다는데, 새벽 내내 전화를 한 날은 수요일이었다. 궁금증을 그때그때 바로 해결해야 하는 성향이었다. 아이가 2학년 초일 때 찾아와 그해 내내 괴롭히더니 3학년 여름 방학에도 수업에 등록하지 않았다.

학원을 옮기고 나서 얼마 되지 않은 때였다. 그 학부모를 다시 마주쳤다. 학원에서 새로 연 분관에 새로 온 실장하고 업무를 같이 하게 된다고 해서 전화 통화를 한 번 하기로 했다. 그런데 저장된 번호로 전화가 걸려왔다. 목소리를 들어보니 더 익숙했다. 바로 잊을 수 없는 그 학부모였다. 그 학부모, 아니 실장은 그런 식으로 나를 다시 만난 상황이 겸연쩍지도 않은 듯했다. 자기가 한 일들이 아무 문제가 아니라는 듯 굴었다.

아이 입시를 위해 주변 모든 자원을 남용하다시피 하는 학부모가 있다. 아이를 향한 집념과 집착이 아주 강한 사례인데, 아이들 대학을 다 보내고 나면 자기보다 아이를 위한 인생을 산 시간에 깊은 허탈감에 빠지기도 한다.

대치동에서는 이런 학부모들을 많이 볼 수 있었다. 대개 아이를 좋은 대학에 잘 보낸 사람이라는 인증서를 꾸준히 유지하고 싶어한다. 그래서 학원가에 들어와 실장을 맡는다. 이런 실장 중에는 자기가 성공한 방식을 진리라고 생각하는 유형이 있다. 자기가 쭉 걸어오고 아이를 위해 이제껏 만들어온 그 길이 입시에서 가장 유용한 정답이라 확신하고 학부모 상담을 한다. 학부모들한테 '이렇게 해야 한다'고 강요하듯 조언한다. 서울대 의대를 가려면 반드시 어느 고등학교에 가야만 하고, 그 학교에 진학하면 의학 전공 적합성에 맞춰 반드시 생물 실험 동아리에서 활동해야 하며, 탐구 주제도 생물 융합 의학과 인문학 융합 활동을 해야 하기 때문에 암 질병 관련 소재를 잡아야 한다는 '처방'을 내린다. 어찌 보면 학원 수업이 주입식 교육이 아니라 이런 상담이야말로 주입식 상담이다.

학생부 종합 전형에서는 단 하나의 정답이 없다. 자기

상황에 맞춰 준비하면 된다. 그렇지만 이런 밋밋한 처방은 학부모한테 잘 먹히지 않는다. 한편으로는 학원 원장들이 이른바 돼지 엄마라 불리는 실장들을 학원에 자꾸 심으려 노력하는 이유를 알 수 있다. 자기가 거둔 성공이 곧 진리라 믿는 자기 확신을 바탕으로 다른 학부모들이 학원 수업을 들을 수밖에 없게 만들기 때문이다.

대치동에 여자 원장이 남자 원장보다 훨씬 많은 이유도 여기에 있다. 원장으로 나아가는 길에서 자녀 입시에 성공한 경험이 중요하게 작용하기 때문이다. 실장을 하다가 원장을 달고 자기 학원을 꾸리는 사례는 꽤 많다. 일반적으로 입시에 관한 탐구열이 아주 강한 학부모라면 원장이 될 자격 요건을 충족한다.

이런 성향을 지닌 학부모들은 자기만 움직이지 않고 어디 입시 정보가 괜찮다더라는 식으로 주변에 영업을 하면서 무리 지어 설명회에 다닌다. 원장이 되는 학부모는 사람을 끌고 다닐 힘이 있는 사람, 곧 이 말은 믿어도 된다는 신뢰를 줄 수 있는 사람이 많다.

이런 학부모들이 자녀 입시를 성공적으로 치르면 대치동의 생리를 대체로 다 흡수하게 된다. 여러 해 동안 초등, 중등, 고등을 거치면서 각종 설명회와 상담에 다녀야만 피부로 느낄 수 있는 노하우들이 있다. 마침내 아이가 서울대나 의대 등에 합격해 입시에 성공한 부모라는 타이틀이 붙으면 그 아래로 입시 노하우를 전수하려는 사람들이 모여들기 마련이다. 이런 학부모들이 대개 학원 실장으로 자리를 잡았다. 실장이 되고 나서는 학원의 한 축이 돼 열심히 일하기도 하지만, 직접 학원을 차리기도 한다. 강사 출신이 아니면 대치동 학원가 원장들은 대부분 이런 사례다.

실장이 세운 학원의 운영 방식을 보면 실장으로 일할 때 형성된 생각의 결이 그대로 드러날 때가 많다. 자기가 일하는 학원의 강사들뿐 아니라 옆 학원 잘나가는 강사에게 투자해 학원을 차리기도 했다. 비용은 자기가 대고 운영은 유명 강사가 하면서 강사 이름값으로 홍보하는 방식이었다. 학원을 단순한 사업체로 보는 경향도 강했다. 상담하러 오는 학부모에게 학생한테는 필요 없는 수업을 들으라고 부담을 주거나, 수단과 방법을 가리지 않고 그 자리에서 수업을 등록하게 하는 사례도 많았다.

강사들에게도 마찬가지였다. 구색을 갖추려면 필요하지만 수익은 적게 나는 강의에도 강사는 필요했다. 그러니 잘 모르는 초짜이거나 쥐락펴락할 수 있을 듯한 만만한 강사들에게 조건과 환경을 속이면서 억지로 강의를 떠밀기도 했다. 수업 말고도 학원에서 필요한 일들을 강요하는 사례도 많았다. 이를테면 강사들하고 협의도 하지 않고 무료 상담을 조건으로 학생을 받기도 했고, 자기소개서 같은 입시 관련 서류를 무료로 첨삭하게 하는 사례도 있었다. 학원에서 여는 정기 세미나에 참석하지 않으면 벌칙을 주겠다는 학원까지 나타났다. 강사들은 학생에게 좋은 방향이더라도 아무런 상의 없이 덥석 일을 떠맡는 상황은 영 내키지 않았다. 여유 시간이 있더라도 수업 준비를 더 하고 싶기 마련이었다.

대치동에는 학생과 학부모, 강사를 착취하는 원장이 운영하는 학원도 있지만 정직한 학원도 있다. 같은 학원에서 일한 어떤 실장이 몇 년 뒤 뜬금없이 연락을 했다. 얼굴 보면서 이야기하고 싶다고 했다. 약속 장소에는 세 분이 나왔다. 한 분은 같이 일한 실장, 한 분은 전에 내 수업을 들은 학생의 학부모, 한 분은 처음 보는 사람이었다.

"예전 학원을 나와서 저희끼리 학원을 열었어요."

수능 학원으로 국어, 영어, 수학 과목 수업을 할 예정인데, 여기에 더해 논술과 구술 수업을 열기로 마음먹고 적임자를 찾다가 내 생각이 난 모양이었다.

"몇 명을 모아드리면 수업을 여실 수 있는지가 궁금해서 뵙자고 했어요."

"인원수는 모이는 대로 열어주세요. 모으려고 노력만 해주신다면 인원은 별로 상관없을 것 같습니다."

세 분은 만족한 눈치였다. 새로 열려는 학원이 나하고 잘 맞을 듯하다고 했다.

"강사들을 만나보면 서른 명 이상을 모집하지 않으면 수업하지 않겠다고 하는 사람이 상당히 많았어요. 그런 강사를 겪어보면 어차피 돈 중심으로 움직이기 때문에 다른 학원으로 나가버리는 경우가 있어요. 그래서 돈이 전부인 사람이랑은 될 수 있는 대로 일을 하기 싫더라고요."

세 분이 학원을 차리게 된 이야기도 자연스럽게 들려줬다. 돈이 전부인 강사와 원장에게 질린 나머지 진정성 있는 수업을 해서 강사와 학생에게 도움이 되는 학원을 만들자고 뜻을 모았다. 학부모로, 학원 실장으로 많은 학원을 겪었지만, 필요 없는 수업을 강제로 듣게 만든 기억을 지울 수 없었다. 돈이 아깝다는 억울함이 아니라 아이들이 그 시간을 여유롭게 보내지 못한 안타까움 때문이었다. 학원에 치여 사는 삶보다는 조금이라도 더 바른 길을 보여주고 싶은 마음이라고 했다. 강사도 안타깝기는 마찬가지라고 했다. 학원 시스템에 갇혀 부당한 일을 자주 겪으면서도 원장과 실장에 감히 대들지 못한 채 마음고생을 하는 사례가 많다고 했다.

세 분은 학원을 열면서 쓸데없는 강의를 추천하지 않는다는 원칙을 세웠다. 심지어 상담을 거쳐 입시 로드 맵을 탄탄하게 짜놓고는 다른 학원으로 가도 괜찮다고 했다. 여기 와서 상담하면 믿을 만하다는 평가를 듣고 싶을 뿐이라고 했다.

좁은 골목에서 작은 규모로 시작한 그 학원은 10년이 지난 지금 더 좋은 곳으로 옮겨 여전히 성장하고 있다. 대형 학원에서 볼 만한 이름난 강사들이 그 학원에서 강의한다는 소식을 들을 때면, 돈보다는 진정성이 중요하다는 사실을 알게 된다.

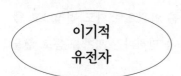

이기적
유전자

많은 부모들이 아이가 어느 정도 자라면 교육 환경이 좋은 대치동에서 키우고 싶어한다. 나는 아이를 키우면서 오히려 대치동을 떠나야겠다는 생각을 종종 한다. 학부모들 사이에 벌어지는 알력 싸움이 아이들까지 번질 때다.

손꼽히는 명문 고등학교에 다니는 학생이 있었다. 수연(가명)이 엄마가 컨설팅을 하러 와 하소연을 했다. 아이가 학교 다니면서 상처를 너무 많이 받는다고 했다. 수연이 엄마는 나서는 성격이 아니라서 학교를 휘어잡는 학부모 그룹에 끼지 못했다. 수연이가 학교에서 다른 친구들에게 무슨 수업을 듣느냐고 물으면 다른 아이들이 너는 못 듣는 수업이라면서 핀잔을 줬다. 아이들도 자기들끼리 팀 수업을 만들 수 있고 팀 수업 참여 자체가 일종의 권력이라는 사실을 잘 알았다. 그런 아이들은 팀 수업을 한다는 점을 과시했고, 심지어는 짜증나니까 어떤 아이는 팀 수업에서 빼달라는 식으로 무기를 휘두르며 다른 아이를 배제하기도 했다.

수연이가 다니는 고등학교는 학부모들이 일찍부터 갖은 시간과 노력을 기본으로 다할 뿐 아니라 수단과 방법을 가리지 않고 입학하려 하는 곳이었다. 그 학교에 다니는 모든 아이와 학부모가 그렇다는 말은 아니지만, 가끔 만나면 아이들도 아이 같지가 않다는 느낌을 받았다.

수연이는 마음씨가 아주 착했다. 자기에게만 혜택이 돌아오는 상황이 부담스러워 안 해도 된다면서 손사래를 쳤다. 컨설팅과 수업을 하면서 많은 학생을 만나지만, 유달리 착한 학생에게 어쩔 수 없이 마음과 정성이 쓰인다.

　내가 보기에도, 그리고 남들이 보기에도 성격 좋은 수연이는 입학하고 얼마 안 있다가 담임 선생님이 권유해 임시 반장을 맡았다. 그런 수연이를 못마땅하게 생각하는 무리가 있었다. 담임이 맡긴 자리니까 임시 반장을 할 때는 아무 소리 하지 않다가, 수연이가 중간고사에서 반 1등을 하자 난리가 났다. 중간고사 끝나고 반장 선거가 있기 때문에 그 무리는 반 아이들을 한 명 한 명 찾아다니면서 반장 선거 할 때 수연이를 찍지 말라고 종용했다. 수연이는 성적도 좋아서 정식 반장까지 되면 스펙을 몰아주는 꼴이 된다는 이유를 들었다. 특히 몇 명은 복도에서 수연이를 밀치고 지나가거나 임시 반장으로서 선생님이 전달하는 사항을 이야기하면 헛소리한다는 식으로 조롱했다. 수연이는 나를 따로 찾아와서 다른 학교로 전학 가고 싶다고 말했다. 중간고사에서 1등을 한 직후에 말이다.

　대치동은 지나치게 좁은 세계다. 그 학생 중에서도 수연이를 가장 괴롭힌 명신(가명)이와 엄마가 컨설팅을 받으러 왔다. 명신이 엄마는 내가 건네는 한 마디 한 마디를

다 부정하면서 컨설팅을 받으러 온 사람인지 내 말에 반박하러 온 사람인지 헷갈릴 정도로 행동했다. 자기 생각이 맞는다 싶으면 다른 말은 무시하는 피곤한 사람이었다.

명신이는 수업이 뒤늦게 끝나서 도중에 들어왔다. 그동안 컨설팅을 하면서 느낀 점이 있었다. 엄마가 피곤하면 아이도 피곤하다는 사실이다. 명신이 엄마는 자기 아이가 세상에서 가장 착한 아이라는 듯 말했지만, 정작 명신이는 학교 경시 대회를 꼭 나가야 하는지 묻더니 학교 생활을 충실하게 하려면 나가는 편이 좋다는 내 말에 대놓고 입을 삐죽였다. 선배들이 그런 얘기 안 하더라면서.

그룹 탐구 활동 주제를 정할 때 자기가 염두에 둔 전공 적합성에 맞춰야 한다고 막무가내로 고집하던 명신이가 막상 입맛에 맞는 주제가 정해지면 실제로 활동하지는 않는다고 수연이는 말했다. 수연이가 자료를 보내라 하면 학원 숙제 때문에 너무 바쁘니 이번에만 네가 해줄 수 있느냐고 떠넘기는 식이었다. 물론 다음에도 똑같은 핑계를 대며 할 일을 제대로 하지 않고 쏙쏙 빠져나갔다. 무임승차하는 학생이 많은데도 대학에서 이런 사례를 가려낼 수 있는 여지는 전혀 없다. 인성 면접으로 이런 학생들을 걸러낼 수 있을까? 절대 그럴 수 없다. 이런 학생들이 서울대를 비롯한 유명 대학에 버젓이 합격하는 모습을 나는 자주 본다.

중학교 때부터 나를 무척 의지한 준서(가명)라는 착한 아이가 있었다. 준서는 전교 15등 안에 드는 좋은 성적을 유지하기는 해도 완전한 전교 최상위권은 아니었다. 학교에서 하는 연구 활동을 학생부에 기재하던 시절에는 개인 연구 과제보다 주로 팀 단위 연구를 합동 수행하는 사례가 많았다. 개인이 하는 연구와 팀으로 하는 연구는 규모와 깊이에서 차이가 날 수밖에 없었다. 준서는 내신 대비 공부보다는 탐구 활동에 흥미를 느껴 밤을 새우는 연구자 타입이었다. 이런 성향 때문에 다른 전교권 학생들이 준서하고 팀을 짜 무임승차를 하는 이상한 동행이 벌어졌다.

문제는 따로 있었다. 다른 학생이 그런 모습을 아주 못마땅해했다. 겨우 15등밖에 안 되는 준서가 1등과 3등이 해야 할 일들을 모조리 다 맡아주고 있으니 다른 아이가 골이 났다. 그 아이 눈에는 감히 15등짜리가 자기 경쟁자들에게 공부할 시간을 벌어주고 있는 듯했다.

우습게도 전교 2등 하는 그 아이도 사실 이미 다른 아이에게 비슷한 식으로 숟가락을 얹고 있었다. 어쨌든 심술이 난 전교 2등은 준서를 괴롭히기 시작했다. 복도에서 마주치면 일부러 어깨를 치고 간다든지 담임 선생님 전달 사항을 일부러 준서가 나가 있을 때 알리는 유치한 방식이었다. 교내 봉사 활동으로 구역을 나눠 청소할 때는 괜스레 끝날 무렵에 들어가 주변을 다시 다 어지럽히고 나가버리는 짓도 했다. 너 같은 놈은 나가 죽으라는 등 폭언도 일상이었다.

끊임없이 시달린 준서가 조용히 찾아와 자퇴 상담을 할 지경에 이르렀다. 놀라서 전화를 하니 정작 준서 엄마와 아빠는 모르는 일이라며 깜짝 놀랐다. 준서가 그동안 학교에서 겪은 일들을 다 털어놓자 준서 부모는 학교폭력위원회(학폭위)에 정식으로 신고했다.

이번에는 학교 교감이 난리가 났다. 전교 2등짜리는 확실하게 서울대에 보낼 수 있는 최상의 자원이었다. 학폭위를 열어 가해 학생에게 징계가 내려지면 그 자원을 완전히 낭비하는 꼴이 된다. 교감은 진상을 조사해 학교폭력이 아니라고 결정되면 준서를 가만 안 두겠다고 협박했다. 준서 가족이 그래도 열겠다고 하니까 학폭위를 6개월 동안 질질 끌었다.

학폭위에는 단골 레퍼토리가 있다. 외부 위원을 반드시 위촉해야 하는데 외부 위원의 참여가 필수는 아니다. 자율이지 의무가 아니기 때문에 교감은 외부 위원들이 학폭위에 참석하지 못하게 회유한 뒤 내부 위원들만 모여 사태를 무마하려 하는 등 갖은 수를 다 썼다.

준서를 괴롭힌 전교 2등은 아무 문제 없이 넘어가 명문대에 합격했다. 자세히 이야기하지는 못하지만, 학교 폭력 혐의가 충분한 다른 학생들도 메이저 의대에 떡하니 합격하는 모습을 종종 목격했다.

학부모들이 지닌 이기적 유전자는 종종 아이들에게 전해진다. 한편으로는 입시 결과에 목매는 학교들이 만든 결과이기도 하다. 학생은 공부만 잘하면 무슨 짓을 하더라도 비호를 받는다. 교사와 부모가 그런 학생을 가르치지 않고 혼내지 않으면 누가 바로잡을 수 있을까? 이런 사례가 특수한 예외가 결코 아니라는 점이 중요하다. 안타깝게도 대치동과 대치동에서 파생되는 기형적 입시 판에는 이런 문화가 확고히 자리 잡고 있다.

입학사정관들이
세상을 사고하는 방식

입학관리본부에 들어가 처음 느낀 감정은 놀라움이었다. 서울대 입시 정책이 조금 바뀐다는 소식은 텔레비전이나 신문에서 중요한 뉴스로 다뤘다. 서울대가 움직이는 대로 대학 입시 방향이 들썩이는 현실은 지금도, 그리고 그때도 마찬가지였다.

입학사정관 전형이 막 만들어진 무렵이라 그런 대단한 입시 판을 쥐고 흔들어 움직이는 서울대에서 일하는 평가 인력은 내 생각하고 크게 달랐다. 아직 국립대인 시절이어서 공무원들이 행정을 처리하는 입학관리과가 있었고, 내가 들어간 곳은 입학 관련 업무를 본격적으로 맡은 전문위원실이었다. 전문위원실에서 일하는 인력은 내 예상보다 터무니없이 적었다.

둘째, 서울대가 내리는 모든 판단이 때로는 성급하게 결정된다고 느꼈다. 인력이 지나치게 적은 탓이기도 하겠지만, 전례가 없다는 점이 또 다른 문제였다. 한국 입시 제도를 앞에서 '끌어갈 수밖에' 없는 서울대이기 때문에 정책이 성공한다는 확신을 줄 경험이 없었다. 어떻게 보면 추측이고 좋게 말하면 논리적 추론에 가까운 과정을 거쳐 정책이 한꺼번에 휩쓸리듯 결정됐다. 그리고 그 추론은 대부분 현실에서 아주 동떨어진 근거에 기반하고 있었다.

이를테면 이런 식이었다. 내가 입사한 초창기에는 입학

관리본부의 체계를 전체적으로 다듬고 정비하려는 시도
가 있었다. 가장 먼저 한 일은 그동안 구두로 전하던 전화
응대 방식을 문서 형태 매뉴얼로 정리하는 작업이었다. 입
학 전형 기준 등 세부 내용을 공개하지 말고 그냥 종합적
으로 평가한다는 말만 하자는 의견이 나오기도 했다. 한
번 이런 의견이 나온 이유를 생각해보자. 학부모와 학생
들에게 대답해주기 귀찮아서 그랬을까? 물론 그렇게 생각
할 수도 있겠지만, 사실은 기준이 공개되면 그 기준에 따
른 맞춤형 학생들만 넘쳐날 테고, 결국 그런 만들어진 학
생은 서울대가 원하는 인재하고 다를 수밖에 없다는 논리
였다.

이 이야기를 회의 테이블에 앉아 들으면서 나는 말도
안 되는 소설 같다고 생각했다. 서울대가 정한 평가 기준
에 따라 길러진 학생이라면 아마도 인재일 테니 말이다.
맞춤형으로 그런 능력을 쌓으면서 자란 학생이 인재가 아
니고 무엇이겠는가? 맞춤형으로 길러진 학생이 인재가 아
니면, 서울대의 평가 기준이 잘못되지 않았을까?

서울대가 사교육 현장에서, 그리고 공교육 현장에서
벌어지는 일들에 너무나 무지하다는 현실이 그때 내가 느
낀 감상이었다. 교육학과에 입학해서 가장 놀란 점도 비
슷했다. 현실 교육은 이렇다고 추측만 할 뿐 실제 현실을

들여다보는 데에는 영 관심 없는 교수가 참 많았다. 이번에는 정말 현실 교육과 입시에 맞닿은 곳에 들어갔지만, 그런 일이 똑같이 되풀이되고 있었다.

그 무렵 대치동 입시 판에서 입소문을 타는 사람이 있었다. 대치동 엄마들을 구름떼처럼 몰고 다닌다는 어느 서울대 학생이었다. 인터넷이 지금처럼 활발하지 않던 시절인데도 그 사람이 운영한 커뮤니티에는 많은 입시 정보가 움직이고 있었고, 현실적이면서 솔직한 여론이 매일같이 쏟아졌다. 지금이야 이런 사례가 여기저기 많지만, 시작은 아마도 그 사람이었다.

입학관리본부도 모를 리 없었다. 다만 그 사람에 관한 가벼운 이야기가 가십성으로 돌 때마다 선풍적인 인기는 인맥 때문이라고 선을 긋는 분위기였다. 서울대 안에서도 좋게 말하면 열성적이고 나쁘게 보면 지나치게 광적이라고 소문난 동아리에서 임원을 하며 쌓은 인맥을 활용해 얻은 유명세라고 깎아내렸다. 이런 사람들을 보면서 나는 점점 서울대 입학관리본부가 돌아가는 논리를 깨달았다.

서울대 입학관리본부에서 일하는 사람들은 마치 모두 경제학 전공자처럼 사고하는 듯했다. 경제학은 모델의 학문이다. 복잡하고 다양한 현실을 자기가 생각하는 모델에 맞춰 이리저리 재단해놓고 그 모습을 그대로 이해하려 안

간힘을 썼다.

사실 서울대 덕분에 그 사람에게 그토록 유명세가 따른다는 말은 맞았다. 다만 그 사람이 지닌 인맥이 아주 뛰어난 때문이 아니라 서울대에서 제대로 된 입시 정보를 공개하지 않은 탓이 컸다. 그 사람은 서울대가 만든, 일명 '깜깜이'로 불리는 학생부 종합 전형의 사생아였다.

서울대를 비롯한 대학들은 거짓말을 하지는 않지만 아직도 교묘한 방식으로 학생과 학부모의 눈을 속인다. 공개된 학생부 종합 전형 입학 요강을 들여다보면 대학별로 서류가 몇 퍼센트 비중이고 면접은 어느 정도 반영하며 1단계 전형에서 몇 배수를 뽑는다는 정보가 담겨 있다. 서류 50퍼센트와 면접 50퍼센트를 합산해 최종 합격자를 가른다고 해도, 그 두 요소가 실제로 영향을 미치는 정도는 정확하게 공개돼 있지 않다. 이런 정보들은 아주 폐쇄적이다. 정보의 폐쇄성은 일종의 권력이다. 학생과 학부모, 고등학교를 향해 대학이 행사하는 권력은 서울대에서 시작됐지만, 다른 여러 대학에서 더 극심하게 모습을 드러냈다.

학생부 종합 전형은 대학교가 권력을 행사하는 강력한 도구다. 세부 기준을 공개하지 않고 주관적 원칙에 따라 학생을 선발할 수 있는 권력은 아주 강력하다. 그렇지만 나도 처음에는 학생부 종합 전형의 손을 무작정 들어 줬다.

우리 세대에는 누구나 한 번쯤 사회주의에 빠진 적이 있다고 해도 지나친 말이 아니었다. 대학생 때 나도 마찬가지였다. 한국 현대사에 굵직한 흉터를 남긴 역사가 다 지나간 김영삼 정권 말기에도 시위는 많았다. 스스로 운동권이라 이름 붙일 정도는 아니었지만, 선배들을 따라 시위에 몇 번 나갔다. 페퍼 포그Pepper Fog가 쏘아대는 지랄탄은 아스팔트 위에서 계속 빙빙 돌며 맵고 뿌연 연기를 뿜어 냈다. 그럴 때마다 눈에 담배 연기를 뿜으면 괜찮아진다는 요령도 선배들에게 배웠다. 사상을 공유하면서 유대가 생기고 그런 유대만으로 세상이 충분히 바뀔 수 있다는 착각에 빠져 지낸 시절이었다.

집회가 잦던 무렵이라 서울대 정문에서 전경들이 검문을 자주 했다. 어느 날 정문을 지나는데 한 전경이 가방을 열어보라고 했다. 가방에는 '이데올로기적'이라 낙인찍을 만한 책들이 꽤 있었다. 전경은 이게 뭐냐고 물었다. 불심 검문을 받아 억울한 마음에 한글도 못 읽느냐고 일부러 타박을 놓았다. 다행히 상급자가 와 그냥 보내주라고 해서 망정이지 호락호락하게 넘어가지 못할 수도 있었다.

가방에 담긴 책은 카를 마르크스가 쓴 《자본》이었다.

그 학기에는 마르크스주의 정치경제학을 전공한 교수가 하는 수업을 듣고 있었다.

"20대에 공산주의에 빠져보지 않는 사람도 바보이고, 20대가 끝날 때까지 그대로 빠져 있는 사람도 바보다."

그 교수님은 수업에서 이런 이야기를 했다. 공산주의와 사회주의 이념은 현실에서 동떨어진, 낭만과 이상 같은 20대의 열병이었다.

그런 낭만과 이상을 입학사정관으로 일하면서 다시 만났다. 바로 학생부 종합 전형이었다. 입학관리본부에서 처음 만든 학생부 종합 전형을 본 나는 설렜다. 입시 전반을 좋은 방향으로 바꿀 힘이 있다고 생각했다. 그렇지만 학생부 종합 전형으로 한 해 입시를 치른 뒤 생각이 바뀌었다. 학종은 인간의 편협함을 시험하는 제도에 가까웠다.

학종은 참으로 이상적인 제도에 가깝다. 내신 등급이라는 숫자만으로 결정하지 않고, 학교 이름만으로 결정하지 않으며, 우수한 전문 평가 인력을 활용해 한 학생을 총체적으로 평가한다는 취지는 전혀 나쁘지 않다. 그런데 복잡하게 얽힌 현실을 뚫고 공정한 평가를 해야 한다는 점에서 학종은 난관에 부닥치기 쉽다.

학종에도 대단한 힘이 있다. 그 힘은 학생이 아니라 철저하게 대학과 입학사정관에게 부여된다. 바로 대학이 학생을 선택할 권리다. 정부가 정시 전형으로 뽑는 인원을 늘리라고 압박하자 서울대는 2023학년도부터 정시에 학생부 서류 평가를 포함했다. 내부 사정이야 정확히 모르지만, 이런 행보에서는 정치적 냄새가 물씬 풍긴다.

학생부에 적힌 글자와 주변 환경까지 다 고려해서 학생의 진정한 관심사를 평가할 수 있을까? 블라인드 제도 때문에 학교가 공개되지 않으면 그 학생의 진짜 실력은 무엇으로 판단할 수 있을까? 한 학생의 진짜 역량을 입학 사정관 몇 명이 충분히 파악할 수 있을까? 그런 일이 애초에 가능한 이야기일까?

학종은 좋은 취지를 내세운 제도이지만 낭만적 이상에 바탕한다. 대개 낭만은 현실을 떠나야 존재할 수 있다. 학종을 시행하는 과정에서 드러난 가장 큰 맹점은 학교 환경을 파악하고 평가한 결과를 확인하는 방법이다. 대학에서 학교 유형 정도를 파악할 방법은 많다. 블라인드 제도는 학교 이름을 가리는 묘안이 아니라 공정성이라는 허울로 대입 제도에 쏠린 감시자들의 눈을 가리는 장치다. 학생부 종합 전형은 개별적으로, 곧 '케바케'로 평가해야 하는 제도인데도 학교 전반을 평가 단위로 삼으니 학생 개개인의 노력이 학교 이름 뒤에 가려진다.

대학만의 문제는 아니다. 한 해에 나는 적으면 몇 백

건에서 많으면 거의 천 건에 가까운 컨설팅을 한다. 학부모와 학생이 학생부에 거짓말을 쓰자는 다짐을 하고 내 앞에서 거짓말할 내용을 상의하는 사례가 꽤 있다는 현실이 가장 슬프다.

"아이 담임 선생님이 저희가 원하는 대로 학생부를 써주지 않아요."

학부모들은 교사가 학생부를 마음대로 입력하게 해주지 않는다고 하소연했다. 학생이 쓴 대로 학생부에 올리는 방식은 당연히 옳지 않다. 학생부를 학생에게 대신 기록하게 하지 않고 정직하게 스스로 쓰는 교사는 학부모가 볼 때 '나쁜 선생님'이 된다. 교사는 학생이 쓴 그대로 학생부에 올려주면 일을 덜 할 수 있고 학생과 학부모가 쏟아낼 비난도 피할 수 있다. 이런 관행은 온전히 교사 개인 탓이라기보다는 입시 제도 때문이다. 교사가 시간을 들여 학생을 관찰하고 학생부를 진실하게 기록할 수 있는 환경을 만들어야 하는데, 지금 교사들을 둘러싼 업무 환경에서는 대부분 불가능한 일이다.

학종은 학령기를 지나고 있는 가족을 둔 전 국민을 거짓말쟁이로 만들 수밖에 없다. 이해관계자들의 의식 수준이 높아지고 환경을 제대로 갖추기 전까지 학종은 낭만적 이상일 뿐이다.

3부

대치동에서 받은
사과 한 상자

입시도
정치다

흔히 우리 삶을 정치라 한다. 국가라는 테두리 안에서 살아 숨 쉬는 동안은, 모든 삶의 양식마다 정치가 깃들어 있다. 사람들은 종량제 봉투에 담아 쓰레기를 버리고, 돈 벌어 세금 내고, 연차를 계산하면서 휴가를 떠난다. 대치동에 사는, 더 넓혀 한국에 사는 학령기 학생들의 삶은 대개 입시로 가득 차 있다. 삶이 정치라면, 이 학생들의 삶 자체인 입시도 분명히 정치다. 한국 사회에서 입시 제도에 너무 많은 이해관계가 개입된 사실은 우리 모두 잘 알고 있다.

내가 입학사정관으로 일을 시작할 즈음은 지역 균형 전형을 막 도입하려는 시점이었다. 지역 균형 전형이 지닌 의미를 파악하려면 조금 거슬러 올라가야 한다. 1998년 수시 전형의 모태가 된 학교장 추천 전형이 처음 만들어졌다. 이 전형은 학교가 입시에서 배제되는 현실에서 출발했다. 수능 점수로 줄 세우기를 해 대학에 입학하다 보니 공교육에서 학교 현장이 하는 구실이 점점 희미해지고 있었다.

그전까지 내신도 입시에서 어느 정도 비중을 차지했지만, 대학별 고사에서 수학 문제를 하나 더 맞히면 내신 15등급 학생이 내신 1등급 학생을 앞지를 수 있을 정도로 영향력이 아주 작았다. 이른바 명문 고등학교에서 내신 15등급을 받아도 서울대에 턱턱 붙었다. 내신이 전혀 무게감이 없던 시절이라 서울대에 입학하는 학생들은 모두 시험 문제를 잘 푸는 학생들이었다. 그런 탓에 대학 구성원이 다양해질 여지가 별로 없었다.

학교장 추천 전형은 고등학교 교장이 내신 성적이 우수한 학생을 선별해 추천하면 추천된 학생을 대상으로 난도가 아주 높은 면접시험을 치르는 방식이었다. 이 전형은 나중에 좀더 확대돼 두 가지로 나뉘었다. 하나는 내신이 우수한 학생을 뽑는 방식이고, 다른 하나는 수상 실적을 위주로 선발하는 방식이었다. 경쟁이 심한 학교에 다녀서 내신은 좋지 않지만 학업 능력이 우수한 학생들이 객관적인 학력 수준을 검증할 수 있는 자료를 제출해 대학에 들어갈 수 있게 했다.

곧 문제가 드러났다. 이 전형 때문에 학교 밖에서 온갖 잡다한 경시대회가 만들어졌다. 여기저기 대학교 철학과에서 논술 경시대회를 만들고 신문사마다 경쟁적으로 경제 경시대회와 수학 경시대회를 열어 돈을 벌었다. 하도 많은 경시대회가 열리면서 부작용이 커지다 보니 입시 체제를 다시 정비해야 할 필요가 생겼다. 2005학년도 교육과정이 개편되는 시점에 맞물려 이 두 전형은 특기자 전형과 지역 균형 전형으로 재정비됐다.

지역 균형 전형은 서울대 구성원을 다양하게 바꾸기

위해 여러 지역에서 신입생을 선발하자는 취지에서 출발했다. 학교별로 2명씩 추천을 받아 1단계에서 내신 성적 100퍼센트로 추린 뒤 1단계 합격자 중 서류 평가와 면접을 합쳐 최종 합격자를 가렸다.

처음에는 잘 시행되는 듯했다. 그런데 서울대에 갈 만한 학생을 선점하려는 연세대가 수시 전형 인원을 확 늘리면서 입시 흐름이 수시 전형 확대로 흘러가기 시작했다. 특기자 전형에서는 기본적으로 다른 외부 경시대회 수상 실적은 제외하고 올림피아드 성적만 반영하기 시작했는데, 문과 학생이 응시할 수 있는 올림피아드가 없기 때문에 특기자 전형 안에서도 내신이 좋은 학생 위주로 선발하게 됐다. 그러니까 특기자 전형이든 지역 균형 전형이든 내신이 좋은 학생에게 유리한 싸움이 됐다.

수시 전형이 확대되면 쉽게 말해 내신 따기 어려운 학군, 교육열 높은 곳에 자리한 명문고들은 입지가 좁아진다. 정시 전형이 덩치가 클 때는 입시라는 싸움에서 유리한 고지를 차지할 수 있었다. 내신 위주로 선발하는 전형이 따로 있다고 해서 큰 문제가 되지는 않았다. 거꾸로 수시 전형이 확대돼 정시 전형으로 들어갈 수 있는 문이 좁아지면서 불만이 쏟아지기 시작했다.

전화 한 통이 아직도 기억난다. 지역 균형 전형이 몇 해

정도 시행된 뒤였다. 고등학교 교장이라고 짧게 자기소개를 한 그분은 전화인데도 꽤나 정중하게 물었다.

"지금 전화를 받으시는 분의 직책이 어떻게 되십니까?"

입학처에 설치한 전화 상담용 대표 번호는 순서대로 5개였는데, 그중 사람들이 무의식적으로 가장 많이 누르는 가장 앞 번호가 내 담당이었다. 처음에 전화를 건 행정실에서 입학관리본부 전화번호를 받은 모양이었다.

"저는 전문위원입니다."

"네. 그럼 실질적으로 입학 관련 업무를 수행하시는 분이 맞습니까?"

"그렇습니다. 무슨 일이시죠?"

"그럼 뭐든 질문을 해도 되겠네요."

공손한 말투여서 큰 문제는 아니겠지 하고 넘겨짚었다. 대답할 수 있는 범위 안에서는 최선을 다해 답하겠다고 하자 바로 질문이 돌아왔다.

"서울대에서 지역 균형 전형을 만든 취지가 뭡니까?"

전형별 절차에 관련된 사항을 주로 상담하기 때문에 전형을 시행한 취지를 묻는 질문은 받은 적이 별로 없었다. 또한 상담에는 책임이 뒤따르기 때문에 되도록 원론적인 대답을 할 수밖에 없었다.

"서울대에 입학하는 구성원들의 지역적 다양성, 그리

고 고교별 다양성을 늘리기 위해서 만든 전형입니다."

"그 다양성 안에는 서울은 포함이 안 됩니까? 그러면 지역 균형 전형이 아니라, 지방 균형 전형이라고 해야 맞는 것 아닙니까?"

전화기 너머로 들려오는 목소리가 아주 날 선 말투로 바뀌었다.

"내신 위주로 선발을 하면, 내신 좋은 학생은 어느 고등학교든 한두 명은 있기 마련입니다. 모든 고등학교에 추천권이 동등하게 부여되니까, 같은 조건이기는 서울이든 지방이든 마찬가지입니다."

"우리 학교에서 늘 3명을 추천했지만 1단계를 통과한 학생이 여태 한 명도 없었습니다. 왜 그런지는 아시죠?"

처음하고 다르게 화가 더 많이 난 듯했다. 모든 결과를 다 알지는 못해도 내 기억 속에는 그 학교에서 1단계를 통과한 학생은 없었다.

"내신 경쟁이 심해서 그렇지 않겠습니까?"

"그러면 이건 우리를 배제하는 전형이지 않습니까?"

"그래도 그 학교에서도 모든 과목 성적이 1등급인 학생이 나올 수도 있는 것 아니겠습니까?"

"현실에 맞는 소리를 하세요. 앉아서 탁상공론이나 하고 있을 거면 뭐 하러 입학사정관이 필요합니까?"

더는 할 말이 떠오르지 않았다. 지역 균형 전형의 진정한 의의는 모든 사람에게 공평한 기회가 돌아가게 하는데 있었으니, 서울대에 우수한 학생을 많이 보내기로 전국에서 유명한 그 학교는 예년보다 숫자가 조금 적을지는 몰라도 다른 학교보다는 사정이 나은 편이었다.

"우리 학교 학생들이 얼마나 치열하게 공부하는지 아십니까. 야간 자율 학습 시간에 와서 학생들이 공부하는 모습을 보고도 그런 소리가 나오지는 않을 겁니다."

입학관리본부에 들어와 입학사정관 일을 하면서 우리가 생각하는 것이 맞는다는 확신을 가지지 않은 순간이 없었다. 하지만 이 교장 선생님의 전화로 한 방 얻어맞은 느낌이었다.

"우리 학교에서 가장 우수한 학생을 추천해달라고 하는 공문이 와서 그 동안은 최대한 노력해서 추천했습니다. 하지만 어떻게 한 번의 입시를 치를 기회도 안 줄 수가 있습니까?"

"그 말씀에는 제가 드릴 수 있는 답변이 없네요."

답답한 말로 긴 통화를 마무리했다. 그분은 처지가 비슷한 학교 교장들끼리 뜻을 모아 문제를 제기하겠다고 했다. 그런 계획을 실행한지는 모르겠지만, 얼마 뒤 지역 균형 전형은 1단계에서 내신만 보는 방식에서 서류 평가도 포함하는 쪽으로 바뀌었다. 학생부나 자기소개서 내용을 바탕으로 한 서류 평가를 거쳐 내신 점수를 역전시킬 수 있는 통로가 생겼다.

지역 균형 전형이 처음 등장한 때 나는 정말 좋은 제도라고 생각했다. 내가 지방 출신이라 더 잘 보인지는 모르겠지만, 서울대 합격자를 배출하는 학교는 지방에서도 얼마 되지 않았다. 게다가 빈익빈 부익부였다. 내가 산 지역에서 가장 유명한 명문고는 공부 잘하는 아이들을 수소문해 스카우트해서 기숙사에 몰아넣고 스파르타식으로 공부시켰다. 지방 명문고들은 지역 우수 인재를 싹 쓸어가 다른 학교들이 한 명을 겨우 갈까 말까 한 서울대를 두 손가락 모자랄 정도로 보내는 식으로 이름값을 했다.

지역 균형 전형이 막 생길 즈음 입학관리본부에 한 학부모가 찾아왔다. 새로운 전형이 시행된다는 소문이 정말인지 확인하고 싶다고 했다. 강남에서 공부를 꽤 잘한 아이는 부모 직장을 따라 지방으로 전학했다. 전학한 고등학교에서도 전교 1등을 놓치지 않고 열심히 공부했는데, 방학 때 서울에 있는 학원에 잠깐 올라와 지내면서 그전에 같이 어울린 친구들하고 실력 차이를 뼈저리게 느꼈다. 자기보다 훨씬 못하던 친구가 자기 시험 점수를 웃도는 모습을 보고 많이 힘들어했는데, 내신 위주로 학교 생활에 충실한 학생을 뽑는 전형이 신설된다는 소식을 담임 선생님에게 듣고는 정말인지 확인하고 싶어서 먼 걸음을 한 모양이었다.

"네, 지역 균형 전형은 학교 생활에 충실한 학생들을 위한 전형입니다. 수능 최저 학력 등급 조건을 맞추고, 면접을 통해 학력 소양이 있다는 사실이 검증되면 충분히 합격할 수 있을 겁니다."

긴장한 기색이 뚜렷하던 학부모는 내 대답을 듣고 얼굴에 화색이 돌았다. 전면 시행 전이었지만, 나는 그 학부모를 보고 지역 균형 전형이 지역에 사는 학생들과 지역 공동체에 큰 파급 효과를 끼친다고 확신했다. 가족 품을 떠나 다른 지역에 옮겨 살면서 고등학교를 다녀야 하는 학생은 사라지고 지역도 발전할 수 있다고 생각했다.

이런 예상은 딱 들어맞았다. 그해 입시가 끝난 날 오후 6시에 합격자 명단을 올리고 막 퇴근하려는 참이었다. 사무실 전화가 울리기 시작했다.

"만세!"

한껏 흥분한 사람들 목소리가 어지럽게 들려왔다. 한껏 들떠 연신 감사하다는 말만 할 뿐이었다. 어느 지방 고등학교 교장 선생님이었다.

"우리 학교에서 그동안 한 번도 서울대 합격생이 없었

는데, 올해 두 명이나 합격했습니다. 정말 감사합니다."

서울대가 입시 제도를 선도하는 대학이라는 현실을 느낀 순간이었다. 변화의 물결이 전화를 타고 가장 먼저 쏟아졌다. 그 뒤에도 전화는 계속 이어졌다.

"어떤 압박이 들어오더라도, 이 전형은 없애면 안 됩니다. 꼭 유지해주세요."

전라도, 경상도, 강원도 할 것 없이 합격 소식에 더해 감사를 건네는 전화가 나흘 동안 사무실을 울렸다. 격려와 칭찬을 아끼지 않는 전화가 전국 곳곳에서 이어질수록 지역 균형 전형이 지닌 의미가 마음에 되새겨졌다.

모든 사람이 지역 균형 전형을 반기지는 않았다. 앞에서 이야기한 고등학교 교장 선생님을 비롯해 몇몇 서울대 구성원도 지역 균형 전형을 탐탁지 않게 여겼다.

교수들이 지역 균형 전형 서류 평가를 하러 온 날이었다. 이리저리 바쁘게 움직이는 나를 보고는 어느 교수가 말을 걸었다.

"지역 균형 전형으로 학생들을 안 뽑을 방법이 있습니까? 우리 단과대만이라도요."

"티오를 없애시면 되죠."

"어떻게 없앨 수 있나요?"

"근데 없애기는 쉽지 않으실 겁니다."

한번 제도가 도입된 만큼 특별한 이유 없이 어느 단과 대만 전형에서 빠지기는 쉽지 않았다. 별 대수롭지 않은 질문 같았는데, 교수는 투덜대면서 몇 마디를 덧붙였다.

"그 전형으로 들어온 학생들은 아는 게 없는 것 같아요."

"그럼 학과 차원에서 입학 초반에 기본 학력 수준을 만들어줄 수 있게 하는 장치가 필요하지 않을까요? 전형을 없애는 것보다는요."

"서울대학교는 그런 학생들을 뽑으려고 만들어진 대학이 아니지 않습니까?"

참으로 오만한 이야기였다. 고등학교에서 추천하고 대학에서 문제없이 합격 처리를 한 학생이라면 기본적인 학업 소양은 증명이 된 셈이다. 대학에서 그런 학생들도 함께 공부할 수 있는 시스템을 만드는 일이 중요하지 아예 안 뽑으려는 태도는 잘못 아니냐면서 나도 덩달아 언성을 높였다.

"그 전형으로 들어온 학생들의 잠재력이 뭔가요?"

"학교에서 전교권에 들 만큼 내신 성적이 우수한 학생들입니다. 매 학기 중간고사와 기말고사를 철저하게 준비하고 자기를 관리하는 능력이 탁월합니다. 자기 주도 학습 능력이 충분히 있는 학생들이니까, 제대로 된 환경만 갖춘다면 그걸 흡수하는 데는 문제가 없지 않겠습니까?"

그 교수는 내 말에 콧방귀를 뀌더니 타고난 머리는 어디 가지 않는다고 했다. 교수를 하면서 보니 아주 예외적인 사례를 제외하면 부모의 학력 수준이 높아야 학생도 능력이 탁월하더라고 말했다. 주위에서 말리는 바람에 설전은 끝났지만, 그 교수가 한 말이 틀리다는 사실을 나는 알고 있었다.

요새 여러 대학에서 한 발표를 보면 대학에 입학한 뒤 이탈하거나 학업에서 어려움을 겪는 학생은 정시 전형 합격자가 많다. 그 무렵 서울대도 비슷했다. 지역 균형 전형이 아니라 정시 전형으로 들어온 학생들의 평점grade point average·GPA이 가장 낮다면 정시 전형을 폐지해야 하는 걸까? 아마 그 교수는 그런 생각은 추호도 하지 않을 듯하다. 교육자가 아니라 연구자라고 자기소개를 한 그 교수는 엄밀하게 증명되지 않은 편견을 말로 내뱉었다. 각각 다른 전형으로 입학한 학생들이 저마다 지닌 다른 특성은 서울대라는 학문 공동체를 다양하게 해줄 텐데 말이다.

다른 단과대 교수들은 지역 균형 전형으로 입학한 학생들을 향한 애정을 드러냈다. 이른바 비인기학과에서는 지역 균형 전형과 특기자 전형으로 들어온 신입생들이 점수에 맞춰 들어온 그전 신입생들에 견줘 학교 생활에 충실했다. 열심히 생활하는 신입생이 눈에 띄게 늘어나자 학과 분위기도 달라졌다. 무엇보다도 학생들 스스로 학과에 애착을 느끼면서 결속력도 든든해지고 전공 가치도 올라가더라고 기뻐했다.

교수뿐 아니라 입학사정관 사이에서도 지역 균형 전형을 둘러싸고 많은 말이 나왔다. 외부 교수들뿐 아니라 내부 위원들하고 설왕설래하느라 지치기 일쑤였다. 지역 균형 전형의 대변자도 아니면서 뭐 하러 남들하고 싸우고 모진 말을 들어야 하는지 회의가 찾아왔다. 어느 순간부터 사태를 한 발 바깥에서 객관적으로 보려 노력했다.

입시가 이해 집단들이 벌이는 아귀다툼처럼 보였다. 입시가 정치라는 사실이 뼈저리게 와닿았다. 국회의원이 입학관리본부에 이런저런 자료를 요구하는 일도 잦았다. 자기 입맛에 맞춰 정치적 카드로 써서 입시 판을 흔들기도 했고, 반대로 사람들 눈을 돌리기 위해 교묘하게 숨기기도 했다. 대치동에 들어와 입시를 치르는 아이들을 만난 뒤, 그런 정치적 싸움의 희생양이 비로소 눈에 띄었다. 서울대 합격이 당연해 보이는 훌륭한 학생인데도 짧은 사이에 변화된 입시 지형 때문에 불합격하는 사례가 많았다.

아직도 나는 확신할 수 없다. 우리는 보통 공부를 잘해서 서울대에 합격한다고 말한다. 대부분 맞는 말일 테지만, 아닐 때도 있다. 공부만 놓고 보면 쟤는 떨어지고 나는 붙어야 하는데 쟤는 붙고 내가 떨어지기도 한다. 합격을 결정짓는 요소가 오로지 공부는 아니라는 뜻이다. 내가 볼 때 합격이라는 열매는 학교 생활에 관한 평가이기도 했고, 때로는 운이기도 했다. 때때로 찾아오는 운은 사회적 책임이기도 했다.

대치동에 들어와 10년이 넘는 시간 동안 깨달은 바를 바탕으로, 이제는 항의 전화를 건 교장 선생님에게 대답할 수 있을 듯하다. 그 학교 학생들은 지방 학생들보다 큰 혜택을 누리고 산 만큼 훨씬 더 우수해야 서울대 지역 균형 전형에 합격할 수 있다고 말이다. 환경 자체가 어마하게 다른 곳에서 공부한 학생이라면, 적어도 지역 균형 전형으로 서울대에 들어가려면 그 학교 안에서 독보적으로 뛰어나야 한다. 공부만이 전부가 아니라 뭔가가 더해져야 합격할 수 있다면, 그 요소는 태어날 때부터 가진 사회적 자본에 관한 책임감일지도 모르겠다.

사과 한 상자의
가치

어느 날 학원이 약간 소란했다. 갑자기 문밖에서 나를 찾는 소리가 들렸다.

"소장님, 시간 괜찮아요? 지금 바로 상담해주면 하는 분이 있는데."

대표 원장님이었다. 보통 컨설턴트는 신청서를 미리 받기 때문에 급작스럽게 해야 하는 상담은 매우 드문 편이었다. 원장님은 조금 상기된 얼굴이었다. 마침 나는 상담 예약이 비어 다른 일을 하면서 느긋하게 앉아 있었다.

"지방에서 올라오신 분인데, 소장님이 꼭 좀 만나주시면 좋겠어요."

"누구신데요?"

"방금 처음 뵌 분이기는 한데……들어보니 내가 많이 도와주고 싶어서 그래요."

원장님이 소개하는 아는 사람을 상담한 적은 종종 있었다. 나를 부리나케 찾아서 으레 원래 아는 사람이겠거니 했는데, 처음 만난 사이라니 대체 무슨 일인지 궁금해졌다. 하던 일을 뒤로하고 원장님이 전하는 사연을 들었다.

그분은 고등학교 3학년 아이를 둔 학부모였다. 상담하러 학원 데스크에 혼자 들렀는데, 머리에 쓴 두건 때문에 눈에 띈 모양이었다. 마침 잠시 들른 원장님이 직접 상담을 진행하겠다면서 원장실로 안내했다. 그 학부모는 머리를 싸맨 두건이 신경 쓰이는 눈치였다. 먼저 자기가 암 투병 중인데 오늘은 치료를 하러 서울에 잠깐 올라온 길이라고 말문을 떼었다.

"대치동이 참 복잡하네요. 처음 오니까 어디가 어디인지도 모르겠고……."

"처음이신데 여기는 어떻게 알고 들어오신 거예요?"

"사거리를 그냥 무작정 걷는데 여기 학원 간판이 많이 걸려 있어서 계속 눈에 밟히더라고요. 그래서 올라와봤어요. 그런데 괜히 저 때문에 원장님까지 시간을 들이시는 거 아닌지 모르겠어요."

미안한 기색이 역력한 투로 그 학부모가 고민을 털어놨다. 자기가 암 투병 중이라 입시를 앞둔 아들에게 아무 도움이 되지 못한다고 걱정했다. 학교는 물론 학원도 제대로 못 다니면서도 지역 명문고에 입학해 우수한 성적을 거두는 아들에게 미안해서 서울 올라온 김에 대치동 수업이 무엇인지 한번 직접 보고 이야기를 듣고 싶었다.

"지방이라도 학생이 스스로 잘하고 있으면, 어머님이 걱정하지 않아도 좋은 대학에 갈 수 있을 겁니다."

"네, 저도 알고 있기는 한데……. 아이 학교에서 조금 일이 있는 것 같아서요."

그 학부모가 들려준 이야기가 놀랍고 안타까워 원장님

은 입시 컨설턴트도 도움을 주면 좋겠다고 생각했다. 인정이 많아 이런 사연은 지나치지 못하는 원장님 성정을 잘 알기 때문에 나도 자세한 사정을 직접 듣기로 했다.

조금 뒤 상담실로 내려온 그 학부모는 면목 없다는 듯 연신 고개를 숙였다.

"소장님까지 이렇게 귀한 시간을 내주셔도 되나요. 저는 정말 그냥 어떤 곳인지 보기만 하려고 했는데요."

"아닙니다. 앉으세요."

차림새가 단정한 그 학부모는 원장님이 들려준 이야기를 짧게 반복한 뒤 지금 아이가 놓인 상황을 조심스럽게 털어놨다. 아픈 엄마에게 괜한 투정이나 짜증도 부리지 않던 아이가 1학년이 끝나가는 어느 날 지나가듯 속상한 마음을 내비쳤다.

"엄마, 좀 이상해. 수행 평가를 하는데, 나랑 내 친구가 내용을 거의 똑같이 상의해서 내는데도 나는 점수가 20점이고 그 친구는 만점인 30점이야."

"그래? 네가 잘못 낸 거 아니고?"

"내가 그랬을까? 수학 경시대회에서도 나는 선생님이 얘기한 답이랑 똑같이 써서 낸 것 같은데, 이번에 입상도 못 했어. 다른 상 탄 친구들은 조금씩 틀린 부분이 있다고 했는데……."

아이는 의아해하면서 자기가 뭔가 잘못한 모양인데 실수한 데가 어디인지 모르겠다며 속상해했다. 지금이야 수상 실적이 대학 입시에 반영되지 않지만, 그 무렵 수시 전형과 학생부 종합 전형에서는 수상 실적이 중요해서 걱정하는 학생도 이해가 됐다. 속상해하는 아이를 지켜보던 엄마는 아이가 실수한 탓이라기보다는 자기가 학부모회에 제대로 참여하지 못해서 벌어진 일이 아닐까 하는 걱정이 앞섰다.

친구하고 똑같은 답안을 쓴 아이가 아무런 결과를 얻지 못하는 모습을 본 엄마는 뭔가 짚이는 데가 있었다. 내 짐작도 크게 다르지 않았다. 아무리 명문고라 우수한 학생이 많다고 해도 수상은 학교가 관여하는 부분이 컸다. 공공연하게 알려진 학생부 종합 전형의 폐해이기도 했다.

지역 명문고인 그 학교에서도 내가 일하는 대치동 학원까지 그룹을 지어 컨설팅을 받으러 오는 학생과 학부모가 많았다. 언뜻 떠올려보니 그 학교에서 공부 잘한다는 전교권 학생들은 그 학생보다 수상 실적이 훨씬 더 많았다. 그 학생도 전교에서 손에 꼽히는 등수인데도, 그리고 꾸준하게 열심히 참여하는데도 2년 동안이나 이렇다 할 상을 타지 못했다.

그 학생은 이런 상황을 불합리한 현실이 아니라 자기

탓으로 돌리고 있었다. 학교에서 벌어진 일을 제대로 파악하지 못한 상태이고 그 학생이 지닌 실력을 제대로 알기도 힘든 만큼 확신할 수는 없었다. 그렇지만 어쨌든 아픈 몸을 이끌고 대치동 한복판을 뱅뱅 돌면서 자식의 미래를 고민한 엄마의 심정을 모르는 척 둘 수는 없었다. 다음에는 학생 혼자라도 주말에 학원으로 보내라고 말했다.

"학교에서 조만간 자기소개서 대회도 있다는데, 소장님이 꼭 좀 잘 봐주세요. 마음 같아서는 다 써주고 싶지만, 우리 학원에서는 대필은 안 하니까 좋은 선생님으로 배정해줘요."

원장님도 꼭 신경 써주라는 말을 당부하듯 남겼다. 여러모로 마음이 쓰이는 상황이었다.

다음 주에는 학생 혼자 대치동으로 올라왔다. 문간에서 들어오지도 못하고 쭈뼛거리는 모습이 어리숙하고 세상 물정 모르는 아이처럼 보였다. 전형적인 공부밖에 모르는 학생이었다.

먼저 어떻게 공부하고 있는지 물었다. 앞으로 이 학원에서 국어 수업 두 개와 수학 수업 두 개를 듣는데, 하루에 다 들을 수 없어서 토요일에 올라와 하룻밤 자고 일요일에 집으로 내려간다고 했다. 그중 절반은 클리닉 수업으로, 일반 수업보다 비싼 수업료를 내는 소수 정예 강의였다. 어느 실장하고 상담한 결과인지 모르겠지만, 그 학생에 관해 전혀 파악이 안 된 듯했다. 성적표를 보니 국어와 수학이 늘 1등급이었다. 굳이 클리닉 수업에서 실력을 키울 필요가 없었다.

"클리닉 수업은 들을 필요가 없어 보이는데? 어떻게 생각해?"

"클리닉 수업이 뭐예요?"

그 학생은 자기가 들을 수업이 뭔지 전혀 모르고 있었다. 어쨌든 상담하는 실장은 수업에 많이 등록하면 학생도 좋고 학원도 좋다고 생각하기 쉽다. 그런 상황이 짐짓 그려져 절로 한숨이 나왔다.

"클리닉 수업은 잘하는 학생이 아니라 다른 수업 내용을 따라가기 힘든 학생들을 위해서 차근차근 가르쳐주는 수업이야. 학생 상황에 맞게 수업 난이도가 바뀌기는 하겠지만, 지금 굳이 잘하는 과목을 클리닉 수업으로 들을 필요는 없어 보인다."

내 말에 그 학생은 표정이 조금 굳어졌다. 나머지 대형 강의도 마찬가지였다. 그 학생이 듣게 될 선생님은 큰 목소리로 아이들을 하나하나 휘어잡는 스타일이었다. 옆 강의실에서 수업할 때면 에너지 넘치는 목소리로 분필을 던지는 소리까지 들릴 정도였다. 그런 수업은 그 학생하고 결이 맞지 않아 보였다. 이런 스타일로 수업하는 선생님인데 듣기 싫지 않겠느냐고 학생에게 물었다.

"생각을 좀 해봐야 할 것 같아요."

신중하고 배려 넘치는 대답이었다. 어쨌든 앞에 앉아 있는 나도 그 학원에 소속된 사람이니 대번에 싫다고 말하는 식은 예의에 어긋난다고 생각한 모양이었다.

그 학생의 어머니하고 다시 통화를 했다. 개인적으로는 학생이 굳이 대치동까지 오가는 수고는 하지 않으면 좋겠다고 말했다. 현장 강의 수업이 아니어도 실력 좋고 검증된 선생님들이 인터넷에서 풍부한 자료를 제시하며 수업하고 있었다. 지방에 사는 학생들이 학기 중에 체력을 낭비하면서 서울을 오가는 방식은 길게 보면 좋은 방향은 아니었다.

"저도 그걸 모르지는 않는데요……."

당황한 엄마가 하는 말로 대번에 속사정을 알 수 있었다. 아픈 몸을 돌보느라 무심할 수밖에 없던 아이에게 엄마는 무엇이라도 해주고 싶었다. 입시를 겪는 학부모들은 대치동이라는 세 글자에서 안도와 불안을 동시에 느끼기 마련이다. 대치동 울타리에 발이라도 걸친 부모들은 학생이 잘하고 못하고를 떠나 그래도 조금은 앞서 나가고 있겠거니 하고 안심하게 된다. 그 마음을 모르지는 않지만,

그래도 그런 얄팍한 위안보다는 학생에게 더 좋은 방향을 제시하고 싶었다.

"그럼 제가 아끼는 후배가 대전에서 과외를 하고 있는데, 그쪽을 연결해드리는 건 어떨까요? 그편이 학생이 움직이기가 더 수월할 거예요."

"정말 감사한데, 그럼 학원에 손해가 나지 않을까요?"

나는 이곳은 잘나가는 학원이라 괜찮다며 웃었다. 그 학부모는 처음 보는 사람에게 이렇게 마음을 써줘 고맙다면서 울먹거렸다. 그렇지만 과학 수업은 듣기로 한 모양이었다. 아쉽기는 하지만 겸사겸사 나도 그 학생을 매주 만나 챙길 수 있었다. 곧 열릴 자기소개서 대회도 학원에서 열심히 준비하기로 했다.

자기소개서 수업도 그저 그렇게 진행되지는 않았다. 처음에 자기소개서 수업을 맡은 선생님은 학생을 편하게 해주는 스타일이었다. 이렇게 저렇게 써보라는 가이드를 적극적으로 제시하는 데 능숙했다. 학생들이 많이 찾다 보니 한 명 한 명에게 충분히 생각하고 고민할 시간을 주기가 힘들었다. 그 학생은 방식이 마음에 들지 않는 눈치였다. 예쁘게 겉을 포장하기보다는 자기가 공부한 내용을 충실하게 녹여내고 싶었다.

그 학생의 성향을 거의 다 파악한 나는 가장 잘 맞을

듯한 선생님을 다시 연결해줬다. 학생부 내용을 하나하나 꼼꼼히 물어보고 같이 고민하기 때문에 혼자 쓸 때보다 시간과 노력을 아주 많이 들여야 하는 선생님이었다.

그렇게 완성한 결과물은 내가 그때까지 본 가장 훌륭한 자기소개서였다. 고등학생 수준을 넘어설 정도로 입이 떡 벌어지는 화려한 활동을 나열하는 대신, 교과 수업을 하면서 생긴 궁금증을 해결한 과정이 짧은 글 속에 다 녹아 있었다. 지금도 나는 그 학생이 쓴 자기소개서가 이상적인 대입 자기소개서의 표본이라고 생각한다.

나는 틀림없는 1등이라고 장담했다. 안타깝게도 결과는 달랐다. 장려상도 타지 못했다. 학생은 공들여 쓴 만큼 낙담했지만, 더 큰 충격을 받았다. 비문투성이에 말도 안 되는 소재라 내용이 조금 이상하다고 생각한 친구가 1등을 차지했다. 전교 1등을 하는 친구였다. 그 학생은 그런 상황에서도 부당한 현실을 눈치채지 못했다.

"선생님이랑 같이 쓴 자기소개서는 제 마음에 쏙 들지만, 객관적으로 잘 쓴 자소서가 아닐 수도 있지 않을까요?"

그 학생은 또 내 기분을 상하지 않게 하려고 조심스럽게 말했다. 나는 대학에서 자기소개서 평가를 직접 한 경험을 들려주면서 절대 그럴 리가 없다고 강조했다. 그렇지만 그 이유가 뭐냐는 질문에는 제대로 대답하지 못했다. 대학에서 자기소개서를 평가하는 기준과 고등학교 교사가 평가하는 기준이 다를 수 있다고 말할 수밖에 없었다.

자기소개서 대회는 학교 생활 전반을 볼 때 그렇게 큰 의미는 없었다. 그 학생은 그때까지 제대로 된 상을 받지 못해서 좀 욕심이 난 모양이었다. 다만 그 상이 아니어도 세 손가락에 꼽히는 명문대에 진학할 가능성은 있으니까 남은 학기 동안 꾸준히 노력하는 일이 더 중요했다.

3학년 마지막 상이 걸린 수학 경시대회에서도 그 학생은 장려상을 받았다. 이번에는 답을 완벽하게 옮겨 써서 복기한 만큼 나도 확인할 수 있었다. 점수를 아주 짜게 주는 내 채점 방식에 따르더라도 최소한 98점은 넘었다. 겉으로는 아무렇지 않게 모르는 척 해온 모양이지만, 이 모든 과정을 겪은 뒤 그 학생은 심리적으로 많이 흔들렸다. 내신 성적이 확 떨어졌다. 주요 교과인 과학에서도 4등급을 하나 받았다.

성적이 떨어져서 그전까지는 노려볼 만하던 서울대 희망 학과가 선택지에서 제외됐다. 원래 가고 싶어한 대학 중에서 비교적 경쟁률이 낮은 학과에 지원할 수밖에 없었다. 다만 상심할 그 학생에게 내가 할 수 있는 말을 전했다. 0.3등급 정도 떨어진 내신이 합격에 큰 영향을 미치지는 않는다고. 2학년 때까지 받은 성적을 유지하더라도 비슷한 학과에 지원해야 했다고. 자기소개서도 잘 쓴 만큼 수능 최저 학력 기준을 맞추는 데 집중해 열심히 공부할 일만 남았다고.

원서 지원이라는 큰 산을 넘은 뒤 택배가 하나 왔다. 그 학부모가 보낸 산양삼이었다.

"학교에서 다른 학생들이 선생님이랑 자주 상담하고 그런 걸 보기만 하니까 아이가 그동안 많이 불안해했는데, 선생님을 만나고 나서 심리적으로 굉장히 안정된 모양이에요. 정말 감사드려요."

그 학생은 그해 이른바 스카이에 합격했다. 축하하기는 했지만, 마음 한쪽에 아쉬움이 남았다. 수능 성적이 더 좋게 나온 덕분에 수시에 지원한 곳보다 더 좋은 곳에 합격할 수도 있었기 때문이다. 그래서 이듬해 그 학생이 다시 찾아왔지만, 나는 별로 놀랍지 않았다. 그 학생은 다시 한 번 수능을 준비하겠다고 이야기했다.

"선생님, 학교에 가니까 동기랑 선배들이 다 더 높은 학교로 가려고 반수 준비를 해서 분위기가 엉망이에요."

아무리 명문대라도 비교적 경쟁률이 낮은 학과여서 열심히 공부할 의욕이 생기지 않는 모양이었다.

"엄마가 아프셨으니, 의료 계열에 한 번 더 도전해보고

싫기도 하고요."

우리는 또 한 번의 입시를 준비하기 시작했다. 그 학부모는 이번에야말로 크게 보답하고 싶은지 한 달에 꽤 많은 금액을 지불하겠다는 의사를 밝혔다. 한두 달에 한 번씩 볼 건데 안 그래도 된다면서 한 번 더 좋게 거절했다. 학생은 학교라는 굴레에서 벗어나 후련한지 험난한 재수생활도 꽤 잘 적응했다. 꼬박 수능에 몰입해서 공부하자 성적이 탄탄하게 오르기 시작했다. 다시 친 수능에서는 서울대 사범대와 한 지방 대학교 의학 계열 학과에 합격했다. 학생은 당연히 의학 계열 학과를 선택했다.

홀가분하게 입시를 치르고 한참이 지났다. 뜬금없이 전화 한 통이 걸려왔다. 시끌시끌한 소리에 섞여 암을 이겨내고 건강해진 그 학부모 목소리가 들렸다.

"선생님, 지금 제가 문경에 있는 친구 사과밭에서 사과를 따고 있는데요."

대치동 한복판 삭막한 사무실에서도 싱그러운 사과밭의 풍경이 눈앞에 그려졌다.

"친구랑 같이 점심 먹다가 사과 하나를 잘라서 먹어봤는데, 너무 맛있어서 선생님 생각이 났어요."

"아니 사과를 먹다가 왜 제 생각이 납니까. 아들 생각을 하셔야죠."

우스갯소리로 답했다. 그 학부모는 곧 사과 한 상자를 보낼 테니 꼭 드시라는 말을 하고 전화를 끊었다. 며칠 뒤 싱싱한 사과가 가득한 상자가 도착했다. 네 집 식구가 나눠 먹어도 될 만큼 많았다. 사과가 참 맛있었다. 그 사과 한 상자에 담긴 가치를 알기 때문이었다.

선생님
스카우트 대작전

한 고등학교가 우리 학원에 설명회를 요청했다. 이전에 알던 여자 선생님 한 분이 나를 잊지 않은 모양이었다. 사교육과 공교육은 교육의 테두리 안에 있어도 섞이지 않은 채 꽤 멀리 떨어져 있을 듯하지만, 생각보다 서로 도움을 주고받는 사례가 많다. 결혼하기 전에 만난 듯한데, 어느덧 선생님 아들이 다 커서 대학 입시를 코앞에 둔 고등학교 3학년이 됐다.

입학관리본부에서 일하고 있을 때였다. 여느 때처럼 사무실에서 일하고 있는데 한 학교 선생님들이 상담을 받고 싶다며 사무실 문을 두드렸다. 예약도 없이 찾아왔지만, 먼 길을 온 분들을 바로 돌려보내기는 어렵다면서 상사들은 나에게 상담을 해드리라고 했다. 회의실에 앉자 남자 선생님이 먼저 입을 열었다.

"우리 학교가 인근 고등학교 중에서는 서울대 진학 실적이 제일 좋지 않습니다. 들어오는 학생들 수준은 아주 좋은 것 같은데, 왜 서울대에 진학하는 학생이 많지 않은지 도무지 모르겠어서 찾아왔습니다."

대입 실적을 개선하고 싶은데 도저히 방법을 찾을 수 없는 막막한 마음에 두 선생님은 무작정 서울대의 문을 두드렸다. 처음 말을 꺼낸 남자 선생님은 인상이 유난히 눈에 익었다. 초등학교로 교생 실습을 나간 나를 정말 잘 챙겨준 선생님하고 똑같은 인상이었다. 심지어 목소리도 비슷해서 꼭 그때 그 선생님을 다시 만난 듯했다. 그분이야 이런 사정을 전혀 몰랐지만, 어쨌든 첫 만남에 내적인 호감이 생겨서 관련 정보들을 문제 되지 않는 선에서 정리해 알려드렸다. 학생부 종합 전형의 전반적인 평가 영역을 브리핑하는데, 시작한 지 15분쯤 지난 시점에 그 선생님이 갑자기 내 말을 막아섰다.

"죄송하지만, 잠깐 멈춰주실 수 있겠습니까?"

"무슨 일 때문에 그러시나요?"

"이 이야기를 녹음을 좀 해 갈 수 있을까요?"

원칙적으로 입학관리본부 내부에서는 녹음을 할 수 없었다.

"그럴 것 같았습니다. 그래서 멈춰달라고 부탁드렸습니다. 이 이야기는 지금 이 자리에 있는 두 명뿐 아니라 저희 학교 3학년 담임 선생님들이 모두 다 같이 들어야 할 것 같은데, 다시 한 번 약속을 잡아서 일정을 만들 수 없을까요?"

그 선생님은 돌아가서 다시 약속을 잡아 그다음 주에 정말로 다시 서울대를 방문했다. 내 기억에는 열다섯 명 정도가 회의실에 우르르 들어 내가 하는 이야기를 경청했다. 귀찮을 텐데도 같은 곳을 다시 방문하는 그 열정이 놀라워 미리 자료까지 만들어 나눠줬다.

선생님들이 다녀가고 세 달 정도 지난 때 전화가 다시 울렸다.

"혹시 서울대 입학관리본부에서 개별 고등학교로 설명회를 나와주시기도 하나요?"

나는 교육청 단위로 요청을 받아서 가기는 하지만 개별 학교는 기준을 몰라서 한 번 알아보겠다고 했다. 전체를 총괄하는 책임 입학사정관은 내 이야기를 듣더니 고민 없이 허락했다. 다만 문제가 생길 수 있으니 나 말고도 다른 입학사정관이 같이 가면 좋겠다고 했다. 입학사정관 세 명이 출장 설명회를 열어 잘 마무리했다.

여기까지는 다 좋았는데, 그 뒤 남자 선생님이 전화를 걸어 건강이 나빠져서 긴 휴직에 들어간다는 이야기를 전했다. 처음 찾아온 두 선생님을 뺀 다른 선생님들이 입시에 아예 협조를 안 한다며 푸념했다. 열심히 한다고 해서 수당을 더 챙겨주지도 않기 때문에 의욕 있는 선생님을 찾기가 힘들었다. 면접 예상 문제를 만들어 연습을 시키고 싶어도 인문계열 교사만 연습에 참여하는 방식이 불공평하다는 불만이 나왔다. 면접 때 나오는 제시문 내용을 가장 잘 알고 도울 수 있는 당사자인데도 그랬다. 다들 자기 일이 아니라며 냉담한 태도를 보인 탓에 그 선생님은 몸만 아니라 마음까지 아픈 듯했다.

그 뒤 그 학교에서는 열심히 하려는 움직임이 사라지고 그동안 시도한 모든 노력이 다 흐지부지됐다. 내가 입학사정관을 그만두고 나올 때까지 그 학교의 위상은 별로 바뀌지 않았다.

장기 휴직에 들어간 선생님만큼이나 의욕 넘치는 다른 선생님이 긴 공백을 다시 채우기 시작했다. 내가 학원으로 옮긴 지 몇 년이 지난 뒤였다. 원장이 어떤 선생님 한 분을 소개해주겠다며 나를 불렀다. 쉬는 날인데 불려 나가서 귀찮은 마음이 더 컸는데, 막상 자리에 앉고 소개를 나누자마자 반가운 마음부터 들었다. 입학사정관 때 설명회를 나간 그 고등학교였다.

"그럼 그 선생님도 아시겠네요."

"네, 지금 제가 진학부장을 맡아보니 그 선생님이 얼마나 고생하면서 일하신지 잘 알겠더라고요."

똑같은 고민을 안고 똑같은 학교에서 나를 두 번이나 찾아왔다. 한 번은 서울대이고 한 번은 대치동 학원이니 우연 같은 인연이라 할 만했다. 지금은 학생부 종합 전형에 블라인드 제도가 도입돼 학교 정보를 모두 가린 채로 학생부를 제출하지만, 몇 년 전만 해도 학교 프로파일이라고 하는 학교 소개 자료를 대학에서 공개적으로 요구

할 수 있었다. 각종 교내 대회나 비교과 프로그램, 동아리 활동 등 학생부 종합 전형에 반영되는 평가 요소에 큰 영향을 미칠 만한 활동들의 내용을 구체적으로 알고 싶어했다. 그래야 지원한 학생이 지닌 역량을 확실하게 파악할 수 있기 때문이었다.

"프로파일을 잘 만드시면 됩니다. 학교를 찾아가 제출하시고 직접 설명하세요. 그렇게 하려면 자료를 충실히 만드셔야 되니까요."

학생 성적 분포, 모의고사 성적 자료, 주요 비교과 활동도 자세히 적으면 좋고, 서울대 말고도 다른 주요 대학에 다 다녀야 한다는 조언도 했다.

"그리고 가셔서 입시 정보도 이것저것 물어보세요. 당연히 두루뭉술하게 핵심적인 이야기를 피해서 이야기할 테지만, 그래도 안 듣는 것보다는 도움이 될 겁니다."

사실 진학부장은 매우 힘든 자리였다. 학교 내부 일도 바쁠 텐데 이런 작업까지 해서 서울 곳곳에 자리한 대학에 일일이 연락해 찾아다니는 일은 결코 쉽지 않았다. 그렇지만 나는 이런 노력이 반드시 결실을 맺는다는 사실을 알기 때문에 적극적으로 추천했다.

"그런 곳에 혼자 가셔도 됩니까?"

"네, 당연하죠."

"선생님 중에 아무도 저랑 같이 가려는 사람이 없어서……. 그때 그 선생님이 얼마나 외로우셨을지 이제야 알 것 같습니다."

그 선생님은 발바닥에 땀이 날 정도로 온 대학을 찾아가 문을 두드렸다. 나를 다시 찾아와 직접 작성한 프로파일을 보여주면서 이 정도면 충분하지 않겠느냐고 물어볼 정도로 열정적이었다.

"평균보다는 성적 분포를 넣으시는 게 좋겠네요."

"그럼 하위권 학생들이 조금 피해를 보지 않을까요?"

"하위권 학생들은 어차피 그 대학들에 진학하기가 많이 어렵지 않을까요."

"그것도 그렇네요."

자기가 새로 개편한 비교과 프로그램도 찬찬히 설명했다. 그전까지 그 학교에서 운영한 프로그램은 겉으로 볼 때는 화려하고 뭔가 있어 보이지만 프로파일을 차근히 작성해보니 정말 중요한 알맹이가 빠진 사실을 알게 됐다.

"왜 그동안 우리 학교가 좋은 학생들이라는 자원을 받았는데도 실적이 좋지 않았는지가 납득이 됐습니다."

그 선생님은 현실을 직시하고 과감하게 학교 내부의 부족한 부분을 고치기 시작했다. 해오던 프로그램을 관성적으로 진행하지 않고, 말 그대로 싹 다 뜯어고쳤다.

시간이 흐르면서 이 선생님이 쏟은 노력이 빛을 발하기 시작했다. 그해 입시를 치르자 서울대 1단계 전형 통과자가 전년도의 두 배를 훌쩍 넘었다. 문제는 2단계 면접이었다. 다른 학교들은 2단계를 통과해 최종 합격한 지원자가 1단계 통과자의 70~80퍼센트 정도인데 그 학교는 절반도 되지 않았다. 내신 경쟁이 치열하고 서울에서 조금 떨어진 곳이다 보니 면접 전형을 잘 준비할 환경이 되지 못했다.

이번에도 나는 작은 도움을 드렸다. 방과 후 수업에서 면접 전형 대비 요령을 가르칠 만한 실력 있는 선생님을 몇 분 소개하고, 그동안 학원에서 쓴 모의 면접 문제도 제공했다. 그 뒤 최종 합격자가 눈에 띄게 늘어났다. 주변 학교들하고 어깨를 나란히 할 수 있는 정도가 됐다. 10년이 지나는 시간 동안 외롭게 노력한 선생님들 덕분이었다.

학교에서는 그 선생님이 한 노력이 인정받지 못했다. 사립 학교라 내부 파벌이 심했다. 관행에 따르면 교무부장을 하고 난 다음에 교감을 거쳐 교장이 되는 순서가 일반적이었다. 진학부장에 이어 교무부장을 맡은 그 선생님이 너무 심한 견제를 받는 바람에 재단에 연이 있는 다른 교사가 교감으로 승진했다. 그 선생님은 속상하다고 푸념했지만, 곧 좋은 소식을 들려줬다. 다른 학교 교감으로 스카우트가 됐다. 그동안 발로 뛰고 고생해서 학생들을 도운 노력이 다른 지역까지 소문이 난 모양이었다. 그 선생님을 스카우트한 학교는 원래 입시 실적이 괜찮다가 점점 나빠져서 서울대 합격자를 한 명도 배출하지 못하는 상황이었다. 출근하려면 차를 타고 2시간 반이나 가야 하지만 자기가 학생들을 도울 수 있는 곳에서 일해야 맞는다고 생각했다.

"한 명도 아니고 영 명이니, 더 실적이 떨어질 곳도 없지 않겠습니까. 가서 또 지금만큼 열심히 해야죠."

그 학교도 그분이 새로 부임한 다음 해, 명문대의 입시 실적이 이전에 두 배 이상으로 올랐다.

서울대 입학관리본부장이 한 인터뷰에서 서울대에 입학하려면 학교가 학생을 뒷받침하려 노력해야 한다고 강조한 적이 있었다. 학생 혼자 하는 노력은 빛을 보지 못할 때가 많다는 뜻이다. 대치동에 와서도 여러 유형의 선생님들에 관한 이야기를 듣고 직접 만나기도 하면서 안타까운 적이 많았다. 교사라는 직업이 상당히 안정 지향적이기 때문에 '논문 기재 금지'라는 조항이 하나 생기면 '논문 읽기'라는 상당히 열의 넘치는 노력까지 학생부에 써주지 않는 사례가 생긴다. 대입에서 논문 작성이 여러 이유로 기재가 금지됐지만, 학생 스스로 논문을 읽는 노력은 전혀 다른 이야기다. 정직한 선생님이라면 자기 눈으로 확인하지 않은 학생 활동은 써주지 않는다는 원칙을 지켜야 맞는다. 그렇다면 학생이 하는 활동을 적극적으로 확인하려 노력해야 한다. 그런 최소한의 노력도 하지 않는 교사가 참 많았다.

나도 얼마 동안 교사 생활을 하면서 이런 교사들을 직접 마주쳤다. 꽤 유명한 명문 고등학교에서 기간제 교사로 수학을 가르친 적이 있다. 육아 휴직자 대체 교사였다. 이런 특수한 사례는 애매한 일감이 쏟아지는 자리이기도 해서 항상 야근할 수밖에 없었다. 수업 준비를 하고 자료를 만들고 업무를 처리하다 보면 밤 11시를 넘기기 일쑤였다. 야근하지 않으려고 빈 시간이 생기면 밀린 일을 미리 해두려 했는데, 대부분의 동료 교사가 내 컴퓨터를 툭툭 건들면서 불편하다는 듯 빈정대는 말들을 던졌다. 같이 수다나 떨지 왜 열심히 일하는 척하냐는 투였다. 누구 하나가 행동이 튀는 꼴을 싫어했다.

방학 때는 학생들을 하루에 세 명씩 불러서 그 학기에 한 일을 점검했다. 실제로 정리한 내용을 바탕으로 간단하게 구술로 확인하는 시간도 가졌다. 단순하게 질문을 던지는 수준이 아니라 그 활동을 학생이 진짜로 하지 않으면 대답할 수 없는 내용을 물었다. 학생들이 대답하지 못하면 학생부에 기재하지 않았다. 학생 면담이 끝나면 남는 시간에는 학교에 남아 학생부를 직접 기재했다. 내가 맡은 반 학생만이 아니라 내가 가르치는 여러 반의 학생을 모두 불러서 확인하는 작업을 거치니 방학이 모두 끝나 있었다. 대부분의 교사들은 나 같지 않았다. 이삼일이면 학생부가 다 기재돼 있었다.

교육 제도에 이해관계가 얽힌 사람들은 제도 개혁에 앞장설 수 없다. 대표적 집단이 학생과 학부모다. 학생과 학부모는 학생부 종합 전형이 좋은 집단, 교과 전형이 좋은 집단, 수능이 좋은 집단으로 뿔뿔이 나뉜다. 저마다 이해관계가 달라서 교육 정책을 합의하기 힘들다. 제도 개혁이 올바른 방향으로 나아가려면 이해관계가 없지만 그 제도 안에 포함된 집단이 팔을 걷어붙여야 한다.

바로 교사다. 교사야말로 학교 현장에 몸담고 있으면서 입시에 직접적인 이해관계가 얽히지는 않는다. 많은 교사가 교육 제도 개혁에 소극적인 현실이 안타까울 뿐이다. 굳이 입시가 아니더라도 학생들을 위해 자기가 할 수 있는 최선이 무엇인지 고민하는 교사가 더욱 많아지면 좋겠다.

대학원과 학원의
적대적 의존 관계

교육학과에 입학해서 흔하게 마주친 유형이 있었다. 교육학과 소속이라는 정체성에 갇히지 않은 채 여기저기를 떠돌아다니는 학생이었다. 서울대 법대나 경영대를 목표로 공부하다가 점수가 모자라 어쩔 수 없이 교육학과에 들어온 친구들은 다른 학과를 복수 전공하면서 교육학과에 자기를 가두려 하지 않았다. 나는 교육학과에 있어서는 안 될 사람이고 더 좋은 곳에 가야 마땅한 사람이라는 생각이 가득한 이들이었다.

아이러니하게도 정작 교육학과에서 그런 학생들은 학점이 밑바닥이었다. 그런 동기나 선후배들을 보면서 자기 능력이 지금 발 딛고 있는 곳보다 높다고 생각하면 확실하게 증명해서 자부심을 가지면 더 좋겠다는 생각을 지울 수 없었다. 아쉽게도 그런 사례는 거의 보지 못했다. 그런 이들에게는 자기 존재를 증명하거나 알을 깨고 나갈 용기가 없었다.

나는 이런 느낌을 대치동에 와서 한 번 더 받았다. 그런 사람들은 어디에서나 볼 수 있었고, 특히 대치동에 많았다. 바로 강사들이었다.

학원 강사라는 정체성은 대체로 존재감이 희미하다. 대치동은 학원 강사가 밀집한 곳이지만, 엄연히 학원 강사로 일하면서도 자기 정체성을 학원 강사로 못 박는 사람을 만나기는 힘들었다. 이런 특성을 지닌 직업이 많지는 않다. 이를테면 아무리 작은 기업에 취업하더라도 회사 규모가 작아 남들 앞에서 이야기하기 꺼려질 수는 있지만 회사원이라는 정체성까지 부정하는 사람은 거의 없다. 학원 강사로 일하면서도 나는 학원 강사가 아니라고, 내 본질적인 정체성은 다른 데 있다고 생각하는 사람이 너무나 많았다.

손주은 메가스터디 회장이 강사로 잘나갈 무렵, 아버지가 서울대까지 나와서 뭐 하느냐고 훈계하며 자식 직업을 인정하지 않은 일화는 유명하다. 그 아버지에게 학원 강사가 하는 강의는 '일'이 아니라 '짓'일 뿐이었다. 그때도 지금도 어느 정도 일에 열정이 있고 능력도 갖춘 학원 강사 중에는 고소득자가 많다. 그렇지만 사회적으로는 걸맞은 대접을 받지 못하고, 웬만한 다른 직업에 견줘 사람들 앞에서 자랑스럽게 꺼내지 못하는 분위기가 확실히 있다.

학원 강사들이 이런 대접을 받는 이유는 단순히 진입 장벽이 낮은 탓이라고 볼 수만은 없다. 한국 사회에서 특히 신성시되는 교육계에서 사교육은 도려내야 할 암적 존재에 가깝게 취급되기 때문이다. 이런 사회 분위기 속에서 학원계에 들어오는 강사들은 자기가 학원 강사라는 현실을 일단 받아들이지 않는 사람이 많다.

대표 강사로 일할 때 학원에서 일하고 싶다며 찾아온 사람을 면접한 적이 있었다. 그 사람은 대뜸 학원 강의를 하게 되면 교육청에서 신원 조회를 한다던데 그런 조치가 혹시 자기가 몸담은 기관에 영향을 주는지 물었다. 그곳이 어디냐 물어도 자세히 말할 수 없다는 대답이 돌아왔다. 이런 때는 십중팔구 대학원이었다.

　　"혹시 대학원생이세요?"

　　"네, 그렇습니다."

　　"대학원생으로서 학원에 오는 게 부끄러우신가요?"

　　"부끄러운 건 아니고, 대학원 다니면서 학원 강의를 하는 걸 누가 알게 될까 봐 겁이 납니다."

　　어떤 감정인지는 대학원 출신인 내가 더 잘 알았다. 그 사람을 뽑을지 말지 고민이 됐다. 그 사람은 서울대 경영학과 출신이었다. 경영학과 출신 학원 강사는 논술과 구술 시장에서 아주 귀했다. 특히 서울대 경영학과는 학부 때부터 여러 프로젝트에 참여할 기회가 많아 금전적으로 부족한 사람이 없었다. 대학원생이 학원에 오는 가장 큰 요인은 돈이라서 취업이 잘 안 되거나 돈이 부족한 상황이 아니면 애초에 학원에 눈을 잘 돌리지 않았다. 말을 몇 번 나눠보니 수업도 무척 잘 할 듯했다. 그렇지만 대학원생이라는 점이 자꾸 마음에 걸렸다.

"선생님, 솔직히 학원 강사라는 정체성이 선생님 본인이랑 잘 맞지 않아 보여요. 학원 강사가 내가 진정으로 가질 직업은 아닌 것 같다고 생각하시지는 않나요?"

"그런 것 같습니다."

"그럼 선생님이 만약 대치동 일타 강사가 돼서 굉장히 돈을 많이 버는 위치까지 올라갔다고 칩시다. 그때도 마찬가지일 것 같으세요?"

"솔직히 그때도 그럴 것 같습니다."

"그럼 학원에 왜 오신 거예요?"

"돈이 필요해서요."

경영대에서 할 수 있는 아르바이트 자리도 많은데 학원에 들어온 이유가 궁금해졌다. 학원 아르바이트는 어쨌든 적당한 시간만 투자해도 높은 급여를 받을 수 있었다. 언제 끊길지 모르는 과외는 불안정하고 카페를 비롯한 다른 아르바이트는 시간 대비 급여가 나빴다.

면접을 끝내고 일할 작정이면 자리를 마련해보겠다고 말했다. 그 대학원생은 조금 더 생각해보겠다고 하면서 돌아갔다. 결과적으로 그때 그 대학원생을 채용하지는 않았다. 먼저 온 연락 때문이었다. 면접을 보고 돌아간 지 몇 시간 뒤였다.

"선생님이랑 이야기를 해보고 나서, 저 자신의 인생에

대해 조금 더 생각해보게 됐습니다. 별로 좋아하지도 않고 진심으로 생각하지도 않는 곳에 돈 욕심 때문에 생각 없이 발을 들이게 된 것 같습니다."

진정으로 원해서 열심히 수업하더라도 돈을 받게 되면 그만한 대가를 받을 만한 일인지 돌아보게 될 텐데, 지금 같은 마음가짐으로는 학원에 피해만 주게 될 듯하다고 했다. 꽤 솔직하게 털어놓은 셈이었다.

그때는 나도 아직 어린 시절이라 느낌이 썩 좋지는 않았다. 대체 얼마나 고결한 사람이어서 저럴까 하는 생각까지 들었다. 그렇지만 나는 대치동 사람들이 대부분 이렇게 생각한다는 사실을 알게 됐다.

꽤 돈독하게 지내면서 꾸준히 강사로 일한 동생이 하나 있었다. 그 동생도 대학원생이었다. 아침 일찍 일어나 강가 근처 단골 카페에 가 3만 원이 넘는 차를 시켜놓고 온종일 책 보고 글 쓰는 시간을 가장 좋아했다. 남들이 보면 한량이라고 할 법한 그 생활을 정말 사랑했다. 그리고 한 주에 몇 개씩 되는 세미나에 참여해 같은 처지인 인문학 연구자들끼리 토론하면서 지냈다. 그런 세미나가 5개 정도 됐다.

대학원에 일이 있었지만 학원 일에도 진심인 사람이었다. 수업도 열심히 준비하고 같이 부대끼며 이런저런 일들에 손발을 맞췄다. 박사 과정을 수료한 상태라 대학원에 정체성을 둘 이유도 크지 않았다. 수업도 안 들었고, 정기적으로 출근해야 하는 프로젝트를 맡지도 않았다. 연구생 등록이 다였다. 나는 내심 그 동생은 정체성이 학원에 더 가깝다고 생각했다.

막 논술과 면접 관련 수업을 늘려 학원 규모를 키우려는 참이었다.

"이번 방학 때는 수업을 더 많이 늘려야 할 것 같은데. 언제 시간 되는지 한번 맞춰 보자."

그 동생하고 둘이 마주 앉아서 월요일부터 주말까지 시간표를 확인하기 시작했다. 매주 월요일 저녁에 시간이 되냐고 묻자 동생은 혼자서 하는 일이 있어서 안 된다고 했다. 논문을 쓰려고 텍스트를 검토하는 날이라고 했다. 그런 일은 정기적으로 정해두어야 논문이 진척될 수 있다고 딱 잘라 말했다.

"그럼 화요일은?"

"그날은 대학원 철학 세미나."

"그럼 수요일은?"

"세미나가 또 있어."

세미나는 의무적으로 나가는 일이 아니지 않느냐, 돈 버는 편이 더 낫지 않겠느냐 설득해도 꿈쩍하지 않았다.

목요일은 대학원 사람들끼리 만나 밥 먹기로 한 날이었다. 심지어 주말 이틀 중 하루도 온전히 세미나를 위한 시간으로 남겨둬야 한다고 고집했다. 겨우 받아낸 시간이 토요일 오전이었다. 그제야 나는 화가 좀 났다.

"네가 대학원생이냐, 학원 강사냐."

그 동생은 한 치의 흔들림도 없이, 오히려 그런 질문을 하는 내가 이상하다는 듯이 대답했다.

"나, 학원 강사 아니지. 내가 왜 학원 강사를 해."

뒤통수를 한 대 크게 얻어맞은 기분이었다. 그 무렵 나가던 대치동 강사 모임 술자리에서 이 이야기를 털어놓았다. 아주 낯설고 충격적인 경험이기 때문에 다른 사람들에게 공감을 좀 얻고 싶었다. 대충 학원에서 거의 경제생활을 하고 있고 대학원도 거의 떠나다시피 한 사람인데 대학원 세미나를 해야 한다면서 학원 시간표를 주지 않는다며 푸념했다.

"아무 이유 없이 대학원 세미나를 빠지는 날이 분명히 있었는데도 세미나 시간을 아예 없애고 학원 스케줄을 늘리려고 하지 않더라고요. 세미나는 아무도 강제하지 않는 건데도요."

대학원 출신 강사들은 모두 그 마음을 이해한다고 했다. 그 자리에 있던 강사 여덟 명 중 다섯 명이 맞장구를 쳤다. 자기도 그런 상황이라면 학원 강의를 절대 늘리지 않겠다고 확신했다. 그 말에 한 번 더 놀란 나는 진심으로 물었다.

"그럴 정도까지 대학원을 사랑하는 이유는 뭔가요."

그 말에 각자 나름대로 대답했지만, 사실 나도 이유는 알고 있었다. 대학원은 참으로 느슨한 공간이었다. 나도 대학원에 오래 발을 담그고 있던 처지라 누구보다 그곳의 생리를 잘 알았다. 아무도 누군가에, 또는 무엇에 얽매이지 않을 수 있었다. 자유로워지고 싶다면 얼마든지 자유로울 수 있는 공간이 대학원이다. 어떻게 보면 나태한 곳이라고 할 수도 있었다.

자유로운 동시에 나태해질 수 있는 대학원에서 생활하던 사람이 비슷한 직업을 찾으려 한다면 학원 강사만한 일이 없었다. 학원 강사도 숨 쉴 틈 없이 수업하고 열심히 노력하는 사람이 많다. 그렇지만 누가 강요할 수는 없었다. 대학원도 마찬가지다. 대학원은 논문이라는 목표가 정해져 있지만, 기한을 정하고 계획을 세우는 일은 온전히 자기 몫으로 남는다. 학원 강사는 수업 시간을 유동적으로 결정하기가 비교적 손쉬웠다. 주말 이틀이나 평일 중에 무슨 요일에 수업할지를 학원에 따라 충분히 협의하고 조율할 수 있었다. 이런 이유 때문에 대학원생들은 학원 강사라는 정체성을 그렇게 거부하면서도 자기 삶하고 결을 같이할 수밖에 없었다.

대학원생들의 생태계하고 참으로 잘 들어맞는 곳이 학원이었다. 강에 사는 고기가 바다에서 살 수 없듯이 대학원이라는 잔잔한 강물에서 유유히 활보하던 사람은 거친 바다에 익숙해질 수 없다.

이런 사실을 깨우칠 때마다 나는 조금씩 우울해졌다. 그때 신문 기사를 하나 봤다. 케이티엑스를 타고 부산을 가는 길이었다. 여러 신문이 나란히 꽂힌 가판대에서 청와대에 일자리수석비서관을 만든다는 뉴스가 눈에 띄었다. 다른 신문에는 사교육 시장을 '근절'하겠다는 발언이 헤드라인으로 걸려 있었다. 한 사회에서 근절해야 하는 대상이라면 사회악이라는 의미였다. 사교육은 건강한 사회를 위해 마땅히 뿌리 뽑아야 할 해악이었다.

일자리를 만들겠다는 정부의 포부와 사교육 시장을 근절하겠다는 엄포가 동시에 머릿속을 맴돌았다. 사교육 시장에 몸담은 나는 내 직업을 바라보는 사회적 시선을 그제야 절감했다. 그때까지 기억에 남아 있던 동료 강사들의 미적지근한 태도도 나를 상심하게 했다. 내 직업적 정체성도 그 사람들처럼 떠밀려가는 듯했다. 이런 '짓' 이제 그만둬야 할까 생각했다.

학원 강사라는 정체성을 의심하게 된 이유가 사람이 듯이 강사라는 직업 자체를 받아들인 계기도 사람이었다. 유명한 일타 강사가 있었다. 그 사람은 설명회에서 자기 소개를 늘 이렇게 했다.

　"'○○' 과목을 가르치는 ○○○입니다."

　수학 선생님이 아니라 가르치는 강사라고 말했다. 대치동을 오가며 그 말을 들을 때마다 나는 신선한 충격을 받았다.

　그제야 재수 시절에 수업을 들은 국어 강사가 생각났다. 그분은 가난한 어린 시절 에피소드를 수업 시간에 아낌없이 푸는 스타일이었다. 특히 형네 집에 얹혀살면서 객식구 취급을 받아 서럽던 이야기를 들려줬다. 시동생이 먹는 밥도 아까워하고 새로 산 양말이나 속옷은 죄다 빼앗아가는 형수였다. 가난한 집에 태어나서 가난한 형네 집에 얹혀살면서 가난에 찌든 형수에게 괄시받는 삶이 싫었다고, 그런 자기한테 기회를 준 곳이 학원이라고 자랑스럽게 이야기하는 분이었다. 학원 강사로 일해 번 돈으로 훌륭한 가정을 꾸릴 수 있어서 세상에 더 얻을 것이 없다던 말까지 기억이 났다.

　일타 강사를 보면서, 재수 시절 국어 선생님을 떠올리면서 나도 학원 강사라는 정체성을 온전히 인정해야겠다

고 생각했다. 나를 힘들게 한 원인은 나 자신에게 있는 모순이라는 점을 깨달았다. 나는 그때까지 내가 학원 강사로 살고 있다고 착각했다. '나는 학원 강사인가?' 이런 질문을 내 마음의 호수로 던졌다. 학원계에 정체성을 두려 하지 않고 둥둥 떠다니려는 사람들을 마음속으로 지탄하고 있었지만, 나도 학원 강사인 나를 나로 받아들이지 못한다는 사실을 알게 됐다.

나도 언젠가는 공부를 해야 할 사람으로 나를 정의하고 있었다. 하고 싶은 공부를 해서 학원계를 떠난다는 목표를 마음 한구석에 늘 품고 있었다. 사실은 나도 내 정체성을 대학원에 끈질기게 두고 있었다. 이렇게 마음속 맨 밑바닥을 들여다보자 나는 내가 누구를 욕하고 미워할 만한 처지가 아니라는 현실을 깨달았다.

늘 위태로운 갈림길에 서 있던 마음을 정리하기로 했다. 내가 내 마음을 받아들여야 할 때였다. 아침에 눈뜨면 늘 책을 보던 습관을 바꿨다. 교육학, 수학, 통계학 관련 책을 보던 아침 루틴 대신 그냥 텔레비전을 틀었다. 웹툰을 보면서 의미 없이 시간을 죽이기도 했다. 그제야 나를 붙잡아온 그 끈질긴 일상들이 희미해지기 시작했다. 나도 학원에 나 자신을 의탁한 대학원생일 뿐이었다. 그때부터는 강사인 나를 조금 더 완연히 받아들일 수 있게 됐다.

이렇게 보면 대학원생이 학원을 일방적으로 이용하고 멀리하는 듯하지만, 사실 학원도 대학원생을 이용하면서 멀리한다. 여러 대형 학원에서는 대학원생을 강사로 적극 채용한다. 필요한 만큼만 쓰고 모른 척할 때도 많다. 오히려 열정적인 대학원생은 학원에 부담스러운 존재이기 때문이다.

한 강사가 학원계에 들어오려면 적어도 어느 정도 급여를 보장해야 한다. 전업 강사를 고용하면 학원도 모객이라는 위험 부담을 떠안게 된다. 돈은 별로 안 되고 구색만 갖추려는 강의를 맡아 용돈 정도를 벌어가는 데 만족하는 대학원생들에게는 그런 부담을 느끼지 않아도 된다. 학원 처지에서는 가장 쉽게 쓸 수 있는 인력이 대학원생이다.

그러니 한쪽이 다른 한쪽을 이용한다기보다는 학원과 대학원생은 서로 공생하는 관계다. 아이러니하게도 이런 공생 관계는 적대적인 동시에 의존적이다.

오늘은
김밥집에서 컨설팅을

대치동 학원가에서 중심지를 꼽으라고 하면 대체로 은마아파트 사거리를 말한다. 대치역에서 내려 은마아파트를 옆으로 끼고 쭉 걸어가면 하루에도 학생과 학부모 수천명이 오가는 사거리가 나온다. 대치동 학원가가 이곳을 중심으로 뻗어 나가기 시작한다. 이런 목 좋은 곳은 규모가 큰 학원들이 선점할 수밖에 없다. 은마 사거리 한가운데에 서서 시선을 어디로 돌리든 학원 간판이 당연히 눈에 걸린다. 학원을 빼면 몇 달 단위로 간판이 올라가고 내려가기 일쑤다. 대치동으로 매일같이 출근하다 보면 마주치는 풍경은 비슷비슷하지만, 눈치채지도 못하는 짧은 순간에 간판이 뒤바뀌는 일도 많다.

그런 와중에도 꿋꿋이 자리를 지킨 밥집이 있다. 바로 김밥천국이었다. 내가 대치동에 입성한 2009년에 처음 들른 곳인데 얼마 전까지 영업했다. 10년 넘는 세월이었다.

논술 학원에서 강의하기 시작한 초반에는 오히려 그곳을 찾지 않았다. 이름이 똑같은 또 다른 김밥천국에서 먹은 김밥이 끔찍하게 맛없었다. 김밥 속은 부실하고 달걀지단은 거칠었으며, 무엇보다도 내가 싫어하는 단무지만 커다랗게 박혀 있었다. 다른 강사들이 끼니를 간단히 때우러 맛없는 김밥천국에 가도 나는 굳이 다른 곳을 고집했다.

강의를 하다 보면 정말 짧은 시간에 밥을 먹어야 할 때가 많아서 자주 들를 만한 곳을 찾아다니기도 어려웠다. 즐겨 다닌 다른 분식집에서 잔치국수를 수백 그릇쯤 먹지 않았을까 하는 시점에 동료 강사가 밥을 먹자고 하더니 상의도 없이 나를 그 김밥천국으로 이끌었다.

"여기서 먹으려고?"

"응, 여기 맛있어."

김밥만 있는 천국일 줄 알았는데, 메뉴판이 한쪽 벽면을 다 덮을 만큼 어마했다. 메뉴 많은 식당에 가지 말라는 유명 요리연구가가 생각났다. 내 속마음도 모른 채 동료는 아무렇지도 않게 철판 김치볶음밥을 추천했다.

"맛있네?"

조금 뒤 나온 음식을 아무 기대 없이 한입 뜨자마자 무의식적으로 이런 말이 튀어나왔다. 내 기준에는 맛이 없어야 정상이기 때문에 평범한 감탄사하고 느낌이 다른 모양이었다. 저쪽에 조용히 앉아 있던 주인 할아버지가 우리 테이블을 흘끔거리기 시작했다. 머리가 소담스럽게 하얗고 푸근한 인상이었다. 사장님이 물을 건네면서 물었다.

"근처 학원 강사 같으신데, 그동안 여기에 한 번도 온 적이 없으세요?"

"네, 다른 김밥천국에서 김밥을 먹고 너무 실망해서 김밥천국은 살면서 다시는 안 갔거든요. 우연히 들어왔는데 너무 맛있네요."

"체인점마다 레시피는 똑같은데, 저희 가게에서는 좀 더 맛있게 하려고 노력을 많이 합니다."

나는 자주 오겠다고 말하고는, 약속을 지켰다. 떡국을 좋아해서 한두 번 시켰더니, 사장님은 그전까지 아무도 시킨 적 없는 떡국 레시피를 연구하기 시작했다. 나하고 그 사장님은 그런 식으로 유대를 쌓고 있었다.

하루는 사장님이 잠깐 이야기 좀 할 수 있겠느냐고 나를 붙잡았다.

"우리 손녀가 지금 중학교 3학년이 됐는데, 내가 대치동에 있으니까 이것저것 물어보네요. 어느 고등학교에 가야 좋을지를 고민하는 모양이에요."

사장님이 여기 자주 드나드는 다른 강사들에게 물어보니 입학사정관 출신인 나에게 얘기해보라고 한 모양이었다. 사장님 손녀는 수도권 끝자락에서 공부를 꽤 열심히 했다. 이제 고등학교를 선택할 시기가 코앞이기도 한데다가 대치동에는 학원도 많고 정보도 넘치니까 무리를 해서라도 대치동에 입성해야 할지 고민하다가 딸과 사위가 티격태격한다고 말했다.

이런 사례는 어떤 대학을 목표로 하는지에 따라 확연히 길이 나뉜다. 대치동 입성을 고민할 일이 아니라 어떤 고등학교에 가는지가 더 중요했다. 인문계열이면 외고를 가고 자연계열이면 자사고에 진학해야 아무래도 유리한 싸움이었다.

나는 더 물어볼 일이 있다면 연락하라며 전화번호도 건넸다. 그날 저녁 곧바로 연락이 왔다.

"특목고를 가면 좋다는 것을 알고는 있는데요, 저희 애가 선행을 하지 않아서요."

특목고를 가려고 특히 수학 선행 학습을 하는 아이들은 그때에도 많았다. 그런 아이들을 상대로 좁은 문을 놓고 경쟁할 바에야 한 단계 낮은 강남 8학군 쪽으로 눈을 돌린 모양이었다. 선행이 돼 있지 않은 상황을 극복할 수는 없으니 학원이라도 좋은 데 보내고 싶다고 했다.

그때는 지금만큼 수시 전형이 큰 비중을 차지하지 않았다. 대치동에 와서 내신 전략을 짜면 생각만큼 큰 수확을 얻지 못할 가능성도 컸다. 차라리 내신을 훨씬 잘 받을 수 있는 다른 학교에 진학해 최상위권을 노리는 전략이 답일 수도 있었다.

"선생님, 그럼 왜 다른 사람들은 대치동에 그렇게 가고 싶어하는 거예요? 제 친구도 대치동으로 건너가더니 무조건 꼭 대치동에 와야 한다고 말하더라고요."

아무래도 전화상으로 나눌 수 있는 말은 한계가 있었

다. 이야기를 더 들으려면 한번 대치동으로 오시라고 권했다. 그다음 주에 김밥천국 사장님 딸을 만났다. 그날은 김밥천국이 쉬는 날이었다. 김밥집에서 컨설팅이라니 사뭇 이상하지만 사장님은 국물 대신 차를 직접 내어줬다. 그렇게 대치동 김밥천국에서 대입 컨설팅이 시작됐다.

그 학생은 의대가 목표였다. 정시 전형으로 의대를 가려고 준비하는 길은 만만찮았다. 논술 전형은 더 좁고 어려웠다. 대치동이 아무리 정시 전형과 논술 전형을 준비하는 데 장점이 있다지만, 이 두 전형으로 의대라는 좁은 문을 뚫기는 더욱더 힘들었다. 중학교 3학년인 그 학생은 수학 선행을 거의 하지 않은 상태였다. 의대가 아니라 이공계에 진학하더라도 지역 일반 고등학교에서 내신 시험을 충실히 준비하는 전략이 더 가능성이 있었다. 그제야 학부모는 솔직하게 털어놨다.

"사실 지금 살고 있는 지역의 고등학교에 간다고 해도 내신 따기가 쉽지 않을 거예요."

의대를 준비하는 최상위권 학생들은 어딜 가나 많았다. 강남권이 아니라 수도권 끄트머리 지역에도 수학 선행을 한 학생은 많았다. 자기들도 나름대로 계획을 짜서 열심히 달려왔지만, 고개를 들어보니 어느새 뒤처져 있었다. 조급한 마음은 대치동이라는 일종의 '치트 키'로 이끌었다.

"대치동은 대치동일 뿐이에요. 대치동에 와서 다 해결이 되지는 않습니다. 대치동도 그냥 동네예요."

지금 상황에서 대치동으로 들어오는 선택은 학생과 학부모에게 모두 독이 될 가능성이 컸다. 나는 차라리 그 지역에서 개교한 지 얼마 안 되는 고등학교에 진학하면 어떠냐고 권했다. 선행을 안 하고 들어가더라도 열심히 하면 충분히 최상위권을 유지할 수 있었다. 오히려 훨씬 더 좋은 선택이 될지도 몰랐다. 내 말을 다 들은 김밥천국 사장님 따님은 당황한 표정을 지었다.

"그 학교는 좀 아니지 않나요."

얼마 전 그 학교에 자녀를 진학시킨 학부모에게서 그 학교 상황을 들어 잘 알고 있었다. 분위기가 썩 좋은 편은 아니었지만, 의대가 목표라면 더욱더 그 고등학교가 가장 현실적이고 가능성 있는 선택지였다. 대신 내신 시험을 잘 준비해서 아주 높은 등수를 유지하는 것이 중요했다. 수능도 같이 공부해서 최저 등급 조건을 둔 전형을 노리면 메이저 의대는 무리일 수 있지만 지방 의대는 충분히 합격할 만했다.

"학생부 종합 전형은 학교에서 하는 비교과 프로그램이 중요하다던데……."

"비교과 활동은 학교에서 딱 할 수 있는 선까지 최선

을 다해서 하기만 하면 됩니다. 거기에 열을 올리면 오히려 목표에 해가 됩니다."

상담이 끝났다. 김밥천국 사장님 따님은 고민을 해결하기는커녕 고민을 더 얹어가는 얼굴이었다. 안쪽에서 듣던 김밥천국 사장님은 밥을 사겠다면서 근처 괜찮은 식당으로 나를 이끌었다. 김밥천국보다 좋은 음식을 대접하신다면서 두세 배는 비싼 돈가스 가게에 들어갔다.

"정 선생 처음에 식당에서 봤을 때는 사람이 유순해 보였는데, 상담하는 것을 들어보니 그렇게 단호한 성격인 줄 몰랐네."

그 뒤로 밥 먹으러 김밥천국에 들를 때마다 사장님이 나를 부르는 호칭이 미묘하게 바뀌었다. '정 선생, 어서 와'가 '정 선생님, 오셨어요'가 됐다.

김밥천국에서 돈가스 값을 받고 진행한 컨설팅 결과대로 그 학생은 내가 추천한 지역 고등학교에 진학했다. 그리고 그 학교에서 전교 2등을 유지하더니 지방 의대에 합격했다. 손녀가 의대에 합격하자 김밥천국 사장님은 멋진 벨트를 선물했다. 몇 년 뒤, 코로나19와 높은 임대료를 버티지 못한 김밥천국은 대치동하고 아쉽게 작별했다.

대치동을 움직이는 주연은 학생, 학부모, 강사다. 그렇지만 대치동에는 그 사이를 채우는 또 다른 사람들이 있다. 김밥천국 사장님처럼 꽤 오랫동안 반가운 얼굴로 대치동을 지키는 분들이다.

김밥천국 사장님에게 나를 추천한 사람이 동료 강사들 말고 더 있었는데, 바로 학원 건물 관리소장님이었다. 내가 일한 논술 학원은 건물 구조상 주차가 매우 까다로웠다. 지하 주차장은 거의 창고 수준으로 비좁아서 차를 몇 대밖에 못 댔다. 강사와 직원들은 대부분 지상에 설치한 기계식 주차장을 이용했다. 나는 그런 타워형 기계식 주차장이 몹시 싫었다. 굳이 지하에 주차를 하려다 보니 관리소장님하고 자꾸 부딪쳐야 했다. 처음에는 타박을 놓다가 학원 데스크에도 내 이야기를 나쁘게 하는 모습을 보고는 안 되겠다 싶어서 박카스 한 상자를 들고 찾아갔다.

"죄송해요, 사실 제가 이 타워형 주차장을 정말 싫어해요."

솔직하게 이야기하니 생각만큼 꽁한 분은 아니었다. 이해하는 수준을 넘어 그야말로 쿨한 성격이었다.

"올 때 전화하고 와. 내가 대신 운전해서 대줄 테니."

처음 안면을 튼 계기는 그리 유쾌하지 않았지만, 그 뒤 우리 둘은 인사도 하고 소소한 이야기도 나누게 됐다.

관리소장님이 나를 아주 좋게 보게 된 계기가 하나 더 있었다. 논술 학원 건물 1층에는 작은 카페가 하나 있었다. 나는 그 카페에 카드를 맡기고 조교와 첨삭 선생님들이 언제든 커피를 마시면서 작업할 수 있게 했다. 특히 파이널 기간에는 강의가 몰리는 탓에 자리가 없는 첨삭 선생님들이 늘 옥상에 가 있는 모습이 마음에 걸린 때문이었다.

카페 주인이 그 이야기를 관리소장님한테 한 모양이었다. 카페에 커피를 사러 간 어느 날 관리소장님이 알은체를 하더니 나를 불렀다.

"정 선생, 당신 다시 봤어."

"왜요?"

관리소장님은 커피 이야기를 장난스럽게 꺼냈다. 사실 나는 꼼꼼하지 못한 성격이라 갑자기 잡힌 일정이나 급하게 복사해야 하는 일들이 다른 강사보다 잦았다. 그럴 때 군말 없이 뒤치다꺼리를 하는 이들이 고마워 그렇다고 하니 그래도 좋은 일이라면서 나를 추켜세웠다.

결정적으로 친해지게 된 계기는 따로 있었다. 관리소장님 막둥이 딸 입시 때문이었다. 다른 동네 보습 학원에 다니면서 공부하던 딸이 대치동 학원에 가보고 싶다고 하는데 어떻게 해야 하느냐고 물어왔다. 학교 근처에 전 과목을 50만 원에 들을 수 있는 곳이라 친구들이 다 그 학원에 다니는데, 분위기가 좋지 않아서 공부보다는 다들 놀러

오는 느낌이라고 했다.

건물 관리소장이 받는 월급으로 여러 과목 학원비를 더 부담하기는 어려울 수밖에 없었다. 관리소장님은 대치동 학원비를 대느라 내가 일하는 논술 학원 야간 청소를 부업으로 맡게 됐다. 수업을 거의 밤 10시까지 하고 뒷정리를 마치면 11시쯤 문을 닫는데, 그때부터 여러 층을 혼자서 묵묵히 청소했다. 나는 집보다는 학원에 늦게 남아 수업을 준비하거나 업무를 처리하는 편이라 관리소장님을 새벽에도 자주 마주쳤다. 그때마다 나는 학부모들이 준 빵이나 음료수를 드렸다.

하루는 관리소장님이 좋은 학원을 추천해줄 수 있느냐고 물었다. 딸을 대치동 유명 학원에 보내는데 수업에 만족하지 못한다고 했다. 잘 아는 학원의 부원장님을 소개했다. 딸이 그 학원에서 상담을 받고 나서 수업을 등록한 뒤 얼마 지나지 않아 관리소장님이 나를 다시 찾아왔다. 학원비 금액을 알게 된 딸이 학원에 다니지 않겠다고 말한다며 걱정했다.

"딸이 알고 있더라고. 내가 학원비 때문에 청소 일도 하느라 늦게 들어오는 걸⋯⋯."

원래 학원으로 돌아가지도 않고 자기 혼자 공부하겠다는 딸을 어떻게 해야 좋겠냐며 하소연했다.

"학원에 다니는 이유는 학원에서 독립하기 위해서예요."

학원이 궁극적 목표가 되면 안 됐다. 공부는 애초에 혼자 하는 일이라는 사실을 관리소장님 딸은 무엇보다 잘 알고 있었다. 학원에 보낼 여력이 있고 없고를 떠나 학원에 의존하는 공부는 결코 추천할 만한 방식이 아니었다.

"대치동에 왔다 갔다 할 시간에 혼자 공부하는 게 훨씬 더 따님에게 도움이 될 겁니다. 공부를 못하는 학생이라면 학원에서 어느 정도 도움을 받는 게 맞지만, 얘기를 들어보니 그런 것 같지도 않네요. 따님을 그냥 믿어주세요."

"그 말을 들으니 마음이 조금 놓이네."

2년 뒤, 관리소장님이 나를 한번 안아주고 싶다면서 찾아왔다.

"우리 딸이 한양대에 붙었어."

내가 조언한 대로 학생은 혼자서 열심히 공부한 모양이었다. 내신 등급은 낮아 수시 전형에 지원하지는 못했지만, 수능이라는 긴 목표를 두고 공부해 정시 전형에서 좋은 대학에 합격했다. 학원보다 혼자 묵묵히 공부한 시간이 훨씬 더 도움이 된 듯했다.

이런 상황을 겪은 관리소장님은 비슷한 고민을 하는 김밥천국 사장님에게 당연히 나를 추천할 수밖에 없었다.

절친하던 두 분은 내가 김밥천국에 처음 간 날 내 존재를 공유했다. 김밥천국 사장님이 처음부터 나에게 잘해준 이유는 그동안 관리소장님이 내 이야기를 하나둘 전한 덕분이었다.

대치동에서 강사로 일하면 대치동의 한 축을 맡고 살아가는 이런 분들하고 교류할 기회가 많지 않다. 이런 분들을 만나면서 대치동에는 학생, 학부모, 강사만 있지 않다는 사실을 깨닫는다.

한 강사가 지나가는 투로 이런 말을 했다.

"학원이 있으니까 식당 하는 사람, 청소하는 사람 같은 사람들도 대치동에 기생할 수 있는 거 아니에요."

'기생'이라는 말이 무척 거슬렸지만, 대수롭지 않게 넘어갔다. 지금은 아니다. 복사기를 관리하러 정기적으로 학원에 오는 기사님을 만나 농담을 주고받거나, 건물에서 주차 관리를 하는 분들하고 이야기를 나눌 때면 나는 기생이라는 단어가 이 생태계에 적합하지 않다는 사실을 알게 된다.

대치동도
사람 사는 곳이다

오늘도 나는 대치동이라는 동네에서 사람들하고 부대끼며 하루를 살아간다. 그런 내게는 '대치동'이라는 타이틀보다는 그곳에서 살아 숨 쉬고 걷고 일하는 사람들이 먼저 눈에 들어온다. 대치동에 흘러온 이들은 열심히 사는 사람, 못된 사람, 성공을 바라는 사람, 하루하루를 애살맞게 사는 사람들이다. 대치동도 사람 사는 곳이다.

친한 고등학교 선배가 엘피판을 잔뜩 꽂아놓은 바를 운영했다. 그곳에 자주 놀러가면서 한 단골손님을 소개받아 안면을 트고 종종 말도 나누게 됐다. 꽤 특이한 병을 앓고 있는 사람이었다. 햇빛을 쬐면 피부가 변형되고 암에 걸릴 수도 있는 병이었다. 종양을 제거하는 수술도 여러 번 할 정도로 치료가 힘든 병이라 낮에는 절대 돌아다니지 못한다고 했다. 자외선 노출만큼 세상에 위험한 일이 없어서 외출은 해가 진 저녁에나 할 수 있었다. 당연히 먹고살 직업을 쉽게 가질 수도 없었다. 밤에만 여는 바를 하고 싶어도 재료를 사러 시장에 가거나 부자재를 구하러 도매상을 들르는 등 낮 시간에 부지런히 챙겨야 할 일들이 산더미여서 포기했다. 곰곰이 듣던 나는 뜻밖의 제안을 했다.

"학원에서 일하는 건 어때요?"

"제가 학벌이 좋지 않아요."

"학벌이랑은 상관없는 일도 많아요."

강사가 아니라 직원은 어떠냐고 다시 권했다. 학원가는 애초에 남자 직원이 부족했다. 강의실을 비롯한 시설 관리나 학생 관리 등 남자가 필요한 곳이 은근히 많은데도 말이다. 밤에 일하는 자리를 구하기도 쉬웠다. 나는 그 단골손님을 학원 데스크에 소개했다.

그 사람은 그 뒤 대치동에 터를 잡고 아직도 한 학원에서 일한다. 가끔 짧은 통화를 하면 진심 어린 고마움을 전한다. 일할 수 있는 다른 곳을 굳이 찾으려면 찾을 수야 있겠지만, 학원 스태프는 그 사람에게 꼭 맞는 자리가 틀림없었다.

대치동을 둘러싼 숱한 껍데기 중에는 수백 억 원을 굴리는 일타 강사들의 화려한 면모가 있다. 그런 화려함 때문에 대치동은 늘 돈의 가치를 우선하는 이전투구의 장으로 비치지만, 그 껍데기 아래에는 자기에게 주어진 일을 충실히 수행하며 살아가는 평범한 사람들이 더 많다.

가깝게 지낸 강사가 한 명 있었다. 대표 강사 시절, 원장은 법학 대학원에 다니는 대학원생을 소개받아 강사로 데려왔다. 처음 만난 자리에서 인사를 나누고 밥까지 함께 먹었다.

"우리 학원에 왜 왔어요? 대학원에 있으면 편하고 좋을 텐데, 여기도 꽤 힘든 곳이에요."

"지금 이야기하기는 좀 그렇고, 나중에 더 친해지면 말씀드리겠습니다."

그 말이 약속처럼 됐다. 우리는 금세 친해졌다. 수업을 같이하고 이야기도 자주 나누다 보니 나중에는 수업 끝나고 술도 한잔하는 사이가 됐다. 술자리에서 그 강사가 물었다.

"선생님은 어떻게 학원에 오게 되신 거예요?"

나는 우연한 대치동 입성기를 쫙 풀었다. 잠자코 듣던 그 강사는 자기처럼 사연 있는 사람이 한둘이 아니라면서 대답처럼 술술 이야기를 털어놨다.

대학교를 졸업하고 나서 바로 결혼했는데, 사법 시험을 준비하다가 잘 안 돼서 대학원에 진학했다. 대학원 다니면서 유학을 준비하자고 서로 약속했는데, 덜컥 아이가 생겼다. 정신없이 아이를 출산하고 1년 동안 기른 어느 날 문득 아내가 물었다. 우리 이제 어떻게 살지?

"그 순간 소름이 돋더라고요. 아무것도 해놓은 게 없어서요."

취직하려 해도 받아주는 곳이 있을까 걱정하면서 부랴부랴 알아보다가 부모님 친구의 지인이 원장으로 있는 그 학원에서 일하게 됐다.

"해보니까 어떠세요?"

"처음에는 힘들었는데, 저를 받아준 곳이니까 지금은 정말 좋습니다."

사람들이 '대치동 강사' 하면 떠올릴 만큼은 아니고 직장인 월급 정도 버는 강사이지만 지금에서야 진짜 책임감을 아는 아버지가 된 듯하다고 이야기했다.

지금도 대치동에서 일하는 또 다른 한 사람은 연예인 지망생이었다. 외모가 아주 출중했다. 상위 몇 퍼센트만 반짝반짝해 보이는 이치는 대치동도 연예계도 마찬가지였다. 동전을 먹고 확 죽어버리고 싶어도 동전마저 없어서 쉽게 죽지 못한다며 한탄 섞인 유머를 던질 줄 아는 유쾌한 사람이었다. 그 동생네 가족은 서울 어느 산중턱 남이 버리다시피 한 밭에서 여섯 식구가 초가집을 짓고 살았다. 혼자서 부모님과 할머니, 이혼한 형제와 조카까지 모두 책임져야 했다. 요새도 서울에서 밭을 일구며 사는 사람이 있다는 사실을 그때 알았다.

숲 유치원 프로그램에 트리 클라이밍이 있었다. 등산 장비를 차고 튼튼한 나뭇가지에 로프를 걸어서 나무 꼭대기까지 올라가는 놀이였다. 정기적으로 나올 필요도 없는데다가 아침에 와서 오후까지 일하면 15만 원을 일급으로 받으니까 연예인 지망생이 많이 지원했다. 연예인 지망생은 끼가 많은 덕분에 유치원 프로그램을 넉살 좋게 진행해 아이들에게 인기도 많았다. 유치원 운영자들도 아르바이트생으로 그런 이들을 선호할 수밖에 없었다. 그 동생은 그중에서도 아이들하고 아주 잘 지내는 사람이었다. 그때 만난 인연으로 우리는 가끔 연락하는 사이가 됐다. 트리 클라이밍 장비를 종종 빌려서 연습하더니 자기 사는 곳 산자락에 체험장을 열고 체험 농장도 꾸미는 수완도 발휘했다.

"이제 돈 많이 벌고 좋겠네."

"먹고살 만큼은 아직도 아니에요."

내가 학원으로 돌아온 뒤에도 연락은 이어졌다. 커피숍 아르바이트를 하면서 종종 오디션에 나가는데 아직도 여섯 식구를 책임지고 근근히 사느라 힘들다고 했다. 나는 초등학생을 대상으로 하는 학원에 취직할 생각이 있느냐고 물었다. 내가 아는 그 동생이라면 아이들 가르치는 일도 잘할 듯하기 때문이었다. 동생도 조금 고민하더니 해보겠다고 했다.

처음에는 살려고 선택한 대치동이었다. 비교적 쉽게 문턱을 넘었지만, 대치동도 열심히 노력해야 살아남을 수 있는 곳이었다. 그 동생도 아이들을 열심히, 그리고 잘 가르치면서 대치동에 자리를 잡았다. 가끔 대치동을 소개한 나를 두고는 인생의 '등불'이라 이야기했다. 학원이라고 하면 막연히 부정적으로 생각했는데, 강사로 일해 보니 아이들하고 부대끼면서 성장하게 돕는 학원이 나쁜 곳은 절대 아니라고 했다. 자기가 살아갈 수 있게 해주고 꿈을 꾸게 해준 곳이라면서.

이런 사람들 말고도 대치동이 간절히 필요한 사람은 많다. 대치동 안에서 생계를 꾸리는 사람들도 저마다 사연을 하나씩 품고 있다. 학원에서 일하는 50대 이상 여성은 생각보다 많다. 아이들을 다 키운 뒤 전문성을 지닌 필수 인력으로 대우받으면서 일할 수 있는 곳이 얼마나 더 될까? 대치동에서는 경력을 쌓다가 자기 사업체를 차리는 50대 실장도 많이 볼 수 있다.

올빼미족도 학원을 찾는다. 9시부터 6시까지 일하는 평범한 방식이 지향하는 삶에 맞지 않거나 혼자 책 읽고 게임 하고 글 쓰는 새벽 시간이 소중한 사람들이 있다. 그런 이들에게 오후 6시부터 시작하는 학원은 더 행복한 삶을 살 수 있는 대안이 될 만하다.

내가 막 대치동에 발을 들인 때는 논술 시장이 지금보다 훨씬 호황이었다. 수능을 막 마친 11월 한창 때 강의를 하면 앉을 자리가 없을 정도로 대치동 논술 학원은 크고 작은 곳 상관없이 붐볐다.

연세대가 정시 논술을 없애겠다고 선언하면서 논술은 대입에서 설 자리가 점점 줄어들었다. 이 일이 일종의 방아쇠가 돼 대학들은 논술 전형 인원을 줄이고 학생부 종합 전형을 늘려갔다. 서울대에서 입학사정관으로 일하면서도 논술로 우수한 학생을 선발하는 방식이 꽤 괜찮다고 생각하던 나는 이런 흐름이 처음에는 의아했다. 그렇지만 논술 전형이 사교육에 쏟아지는 질타를 맨몸으로 받아내는 총알받이라는 현실을 깨달았다.

논술이 사교육을 조장한다는 주장은 학교 선생님들이 논술을 지도할 수 없기 때문이라는 이유를 밑바탕에 깔고 있었다. 그렇지만 논술 교육에 의욕을 품은 선생님도 분명히 많았다. 내가 서울대 입학본부에서 일할 때 논술로 대학을 잘 보내기로 유명한 어느 고등학교 선생님이 찾아온 적이 있었다. 스스로 논술 문제를 만들어 아이들을 준비시키던 그 선생님은 더 좋은 교육 방향을 알고 싶어했다.

논술 네트워크를 만들려 하는데 다른 선생님들이 열심히 하는 자기를 아니꼬워해서 같이할 사람이 아무도 없다고 하소연했다. 논제를 만들어 연습을 시키고 수업 준비도 열심히 하고 있지만 외롭다고 했다. 교육청에 문의해도 여의치 않으니 차라리 서울대가 그런 네트워크를 만들어줄 수 없겠냐고 물었다.

논술은 학교 현장에서도 충분히 대비할 수 있다. 게다가 논술이 사교육 시장에서 차지하는 비중은 고작해야 1퍼센트도 되지 않는다. 그런데도 논술을 사교육의 온상이라 여기고 논술과 수시를 축소하면 사교육의 기세를 꺾을 수 있다는 맹목적인 믿음이 한국 교육계에 있다. 논술을 비롯한 수시의 비중을 낮추고 학원에서 하는 논술 강의를 줄이면 사교육이 사라진 더 나은 사회가 될까? 정권이 바뀔 때마다 모두 입을 모아 일자리를 늘리겠다고 하지만, 사교육을 근절하겠다는 약속도 함께한다. 사교육에 종사하는 숱한 사람이 일자리를 잃는 상황은 아주 사소한 문제라는 듯이.

사교육이 교육의 탈을 쓴 일종의 사기처럼 비칠 때마다, 당연히 대치동에 시선이 쏠린다. 대치동에서 학생을 가르치는 사람 중에는 학생과 학부모의 눈을 속이는 사람도 물론 있다. 그렇지만 삶의 모든 영역은 선하게 살아가는 사람들하고 그렇지 않은 사람들이 섞여 있기 마련이다. 이 진리는 대치동에도 적용된다.

삶은 다양하다. 다양한 삶만큼 대치동이라는 공간도 누군가에게는 반드시 필요한 곳이다.